발트3국의 문화와 문학 2

독일발트문학과 에스토니아문학

발트3국의 문화와 문학 2

독일발트문학과 에스토니아문학

초판 1쇄 펴낸날 2011년 3월 31일

지은이 이상금
펴낸이 강수걸
펴낸곳 산지니
등록 2005년 2월 7일 제14-49호
주소 부산광역시 연제구 거제1동 1493-2 효정빌딩 601호
전화 051-504-7070 | 팩스 051-507-7543
sanzini@sanzinibook.com
www.sanzinibook.com

ISBN 978-89-6545-130-3(세트)
ISBN 978-89-6545-132-7 94850

발트3국의 문화와 문학 2

독일발트문학과
에스토니아문학

| 이상금 지음 |

산지니

일러두기:

- 지역, 도시 및 강의 이름은 문맥상 해당되는 시기를 기준하며, '한국어(과거 명칭; 현재 명칭)' 형태의 표기를 원칙으로 한다.
- 인명과 지명이 각 장에서 처음 나타날 경우 원어와 병기하였으나, 이후부터는 한국어로 표기한다.
- 본문에서 설명이 필요하거나 근거를 밝혀야 힐 부분은 각주 표시를 하시만, 시 장의 끝에 이를 종합하여 미주 형식으로 처리한다.
- 문장부호에서 강조어는 ' ', 직접인용은 " ", 부연설명은 ― ―, 논문과 단편과 시 제목은 「」, 저서와 전집이나 작품은 『』, 잡지와 신문은 〈 〉 등으로 통일한다.

책으로 펴내면서

북동유럽에 속하는 '발트3국'은 우리에게 미지의 영역이라고 할 수 있다. 최근 이들 세 나라는 1991년 구소련의 50년에 걸친 지배로부터 독립한 후 2004년 5월 1일부터 유럽연합의 회원국이 되었다. 따라서 이번에 책으로 발간하게 된 목적은 이들 나라에 대한 정확한 정보를 제공하고, 그들을 올바르게 이해하는 데 있다.

역사적으로 그들은 12세기 말부터 20세기 말에 이르기까지 줄곧 주변 강대국에 의한 외세와 침략의 역사를 고스란히 감당하였다. 그 과정에서 그들만의 독자성을 일깨우려는 발트3국의 숱한 역경은 우리에게도 시사하는 바가 크다. 따라서 700년 넘게 겪은 억압과 외침 속에서 자유와 독립, 또한 이들의 불굴의 의지로 표상되는 민족, 역사, 언어, 문화, 국민성 등이 서술적 요인에 속한다.

본 저서는 관련 문헌과 인터넷 검색을 포함한 각종 자료, 사진, 도표, 현지 탐방 및 확인 등을 거쳐 쉽게 소개하는 글쓰기 형식을 유지하려고 한다. 자세하게 말하면, 현장감 있게 그들의 역사, 언어, 정치, 경제, 사회 등을 아우르는 문화사적 관점에서 독자에게 새로운 인식과 이해, 현실적인 반추, 알려지지 않은 세상에 대한 생각과 이야깃거리를 마련해 주는 서술관점이다.

이와 관련된 일련의 연구를 하게 된 계기는 우연히 마련되었다. 그러나 꼭 우연만은 아닐 것이다. 독일문학사 가운데 '질풍노도'라는 문학혁명운동을 이끈 열정의 원천에 대한 궁금증은 대학생 때는 물론 대학에 몸담아 강의하면서도 해소되지 않은 갈증이었다. 문학사 기술에서 편견이자 이데올로기 탓으로 여겨지면서, 자연스럽게 그 원천에 해당하는 발트 지역과 헤르더, 하만, 괴테 그리고 계몽주의 이후의 정신사적 흐름이 궁금했다. '지역–사람–정신'의 실체가 여전히 가려져 있었다는 의문, 그 의문을 풀어야 한다는 평소의 생각이 필연적 계기로 바뀌어졌는지도 모른다.

필연이든 우연이든 그것은 어쩌면 중요하지 않을 수 있다. 관심의 끈을 놓지 않는 가운데 기회가 온 것이다. 2004년 3월 연구차 방문한 독일, 당시 그곳 일간지에서 소개한 유럽연합의 회원국 확대 가운데 나의 관심을 끈 것은 생소한 나라, 낯설게까지 여겨졌던 발트3국과 서방세계에서 더 잘 알려진 작가 얀 크로스Jaan Kross에 관한 기사였다. 귀국 후 그와 가졌던 인터뷰 내용을 국내에서는 처음으로 소개하면서부터 차츰 발트국에 대한 관심은 연구로 이어지게 되었다.

구체적으로는 2006년도 한국학술진흥재단(현재, 한국연구재단) 소규모 연구회의 주제 '에스토니아문학연구회' 활동을 먼저 들 수 있다. 이어 부산대학교의 그룹스터디 지원에서 2008년도 '발트국의 언어에 관한 연구', 그리고 2010년도 '한국어와 발트3국어 비교연구'라는 주제로 연구원들과 함께한 활동은 관련되는 기초적인 지식은 물론 연구의 영역을 차츰 확대할 수 있게끔 해주었다. 물론 학회에서 그간 연구한 내용을 발표하는 등 사전 점검의 형식도 빠트리지 않았다. 이러한 연구의 결과로 「에스토니아문학의 발생에 끼친 독일발트문학의 영향」(2007년 6월), 「독일발트문학의 발생과 전개에 관한 연구」(2007년 9월), 「얀 크로스의 역사인식과 문화적 기억력」(2007년 9월) 등이 학술지 논문으로 발표되었다.

이를 바탕으로 2007년 12월부터 1년간 학술진흥재단(한국연구재단)의 기초연구과제로 '20세기 전환기의 독일발트문학과 에스토니아문학'이 선정되었으며, 해당되는 연구를 2009년 9월에 마무리하였다. 마지막 과제를 수행하기 위해 2008년 8월 말부터 9월 초까지 보름간 현장 확인과 자료 수집을 위해 다시 발트3국을 방문하기도 했다. 그러나 학술적 연구에만 머무르지 않았다. 두 번에 걸친 발트3국의 방문을 토대로 2009년 3월 19일부터 5월 7일까지 매주 목요일 8회에 걸쳐 〈부산일보〉에 탐방 형식으로 발트3국을 소개하기도 했다.

이처럼 이 책은 근 6년 동안에 걸쳐 2회의 현지 탐방, 3회의 소규모 연구회 활동과 4편의 연구결과 등을 정리 및 보완한 것이다. 또한 부산대학교 'EU Center'의 연구원으로서 유럽의 북동지역에 대한 인문사회학적 접근의 필요성이 이 책을 발간하게 된 주요 사항에 속한다. 무릇 인문학적 접근은 경제, 정치, 군사, 무역에 앞서 이루어져야 하는 지극히 당연한 인문학자의 몫이라고 본다.

따라서 이러한 연구의 결과에 대한 전문성과 사회적 효용성을 위해 'EU Center'의 학술도서로 출간할 수 있게 되어 한편으로 기쁘지만, 다른 한편으로 지속적인 연구의 과제를 스스로 떠맡게 된 셈이다.

그러나 발트3국에 관한 연구가 여태까지 국내에서는 거의 없었기에 연구의 한계와 어려움은 한두 가지가 아니었다. 아니 연구자의 어려움이 컸다는 말이다. 그렇다고 현재에도 그러한 어려움이 완전히 해소된 것은 아니다. 시대의 흐름에 따라 새롭게 확인할 사항은 물론 무엇보다도 현지어에 대한 지식이 충분하지 못하다는 점은 남겨진 과제이다. 그러나 그간 소규모 연구회 활동의 결과물로서 '에스토니아어-한국어' 입문서 발간을 준비하고 있으며, 발간 이후에는 라트비아어와 리투아니아어에 대한 언어적 장애를 가급적 빨리 해소하려고 한다. 대신 현재 리투아니아에서 '발트국의 신화'에 관한 연구를 계속해온 서진석—에스토니아 타르투 대학 박사과정 수료—씨로부터 리투아니아어와 발트국 관련 많은 자료, 정보와 조언을 받았음에 대해 이 자리를 빌려 고마움을 전한다.

여기서 단락별 글을 소개하면, 다음과 같이 간략하게 정리할 수 있다. 도입부에 해당하는 I장 '오늘날 발트3국'에서는 국토, 사람, 환경, 경제, 정치, 종교, 언어 및 교육 등을 개관하고 있다. 이어 II 장 '발트3국의 역사'에서는 기원, 역사직 변전과정, 주변국의 외침과 피지배, 신생 독립과 유럽연합의 회원국으로서의 비전을 다루고 있으며, III장은 역사적 변천사를 통해 드러나는 각기 다른 언어, 전설, 신화, 축제, 음악과 미술을 다루는 '발트3국의 문화'이다. 이어 이러한 민족성과 문화의 원천이라 할 수 있는 각기 다른 언어의 뿌리와 변천, 소멸과 생성, 특징 등이 실려 있는 '발트3국의 언어'가 Ⅳ장에 속한 내용이다.

위와 같이 다양한 영역에 걸친 보완 작업은 박영미, 윤기현, 이현진, 허남영 박사들의 도움에 의해 이루어졌다. 몇 번에 걸친 모임을 통해 확인하는 작업은 또 다른 어려움이었지만, 나름대로 성과를 이루는 데 있어 매우 긴요한 사항이었음을 들어 이들의 수고에 고마움을 전한다.

이를 총괄적으로 마무리할 수 있는 영역으로 Ⅴ장에서는 '독일발트문학과 발트문학'을 실었다. 민족적 자의식이 발현되기 시작한 무렵부터 오늘에 이르기까지 다중언어와 민족의식, 질풍노도 시기의 독일발트문학 및 발트문학, 발트문학에서 근대성 등을 기술하였다. 그러나 나라별 문학을 모두 다루는 대신, 먼저 에스토니아문학의 현대성, 망명시기의 문학과 그 이후의 양상, 그리고 오늘날 발트3국을 대표하는 작가 가운데 한 사람인 에스토니아의 얀 크로스의 작품세계를 Ⅵ장 '20세기 에스토니아문학'에서 다루었다. 때문에 에스토니아, 라트비아, 리투아니아 등 발트3국의 현대문학에 대한 연구는 구체성을 띠어야 할 과제로 남겨진다. 이와 별도로 대표적인 작가, 작품에 대한 이해는 경우에 따라서는 개별적인 것으로 다루어질 영역임을 여기서 밝힌다.

마지막으로 앞서 잠시 언급했듯이, 여기에 실리는 글 가운데 몇

몇 부분은 2010년 발간한 단행본 『발트3국에 숨겨진 아름다움과 슬픔』과 중복되어 있음을 알린다. 물론 앞서 발간된 책은 일반 독자를 위한 것이다. 그러나 이번의 책도 여태까지 우리에게 생소한 신생 독립국 발트3국에 대한 인문사회학적 기본 지식을 바탕으로 그들과 다양한 관계를 모색할 수 있는 계기가 되었으면 한다. 나아가 그들과의 친선은 물론 문화, 예술, 경제, 정치 등 여러 분야에서 유효한 소통과 협력에 필요한 최소한의 대응논리로 받아들여지기를 바란다. 또한 발트3국을 이해하고 싶은 분들께도 좀 더 쉬운 읽을거리가 되었으면 하는 바람이다.

2011년 봄 기운이 스미는
금정산 기슭에서

지은이 이상금(李相金; Li SangGum) 씀

VI. 20세기 에스토니아문학

지명표기(독일어 – 에스토니아어)

Addafer — Adavere

Alt-Harm — Vana-Harmi

Auenmüle — Luhaveski

Dorpat — Tartu

Ecks — Äksi

Embach — Emajõgi

Faehna — Vääna

Fellin — Viljandi

Harm — Harmi

Harrien — Harjumaa

Heimthal — Heimtali

Holstfershof — Holstre

Katharina-Lisette — Meleski

Kawa — Kaava

Kawershof — Kaavere

Kolk — Kolga

Kuckucksinsel — Käosaar

Kurkund — Kilingi

Kurländische Aa — Lielupe-Fluß

Lais — Laiuse

Loper — Loopri-Fluß

Lustifer — Lustivere

Maholm — Viru-Nigula

Meks — Ravila

Mitau — Jelgava

Narwa — Narva

Nennal — Ninasi

Neu-Bornhusen — Uue-Pornuse

Neu-Oberpahlen — Uue-Põltsamaa

Neu-Warsto — Uue-Varstu

Nömmafer — Nõmavere

Oberpahlen — Põltsamaa

Ösel — Saaremaa

Pahle — Põltsamaa-Fluß

Pajus — Pajusi

Paistel — Paistu

Peofer — Päovere

Pernau — Pärnu

Perst — Pärsti

Pillistfer — Pilistvere

Reval — Tallinn

Röika — Rõika

Sauckscher Bach — Sauga-Fluß

Schloß Oberpahlen — Vana-Põltsamaa

Schloß Talkhof — Puurmani

Soosaar — Soosaare

St. Bartholomäi — Palamuse

St. Johannes — Kolga-Jaani

Taskfer — Taganurga

Valu-Bach — Valuoja

Walck — Valga

Wendau — Võnnu

Wesenberg — Rakvere

Wierland — Virumaa

Wirzsee — Võrtsjärv

Wissofer — Vissuvere

Woiseck — Võisiku

Wolmar — Volmari

Wolmarshof — Kõo

V

독일발트문학과 발트문학

5.1 다중언어, 언어문화, 자의식

최초의 문학텍스트

중세 초기 발트 지역에서 유래하는 최초의 텍스트들은 수도사들의 설교개관서, 연대기 혹은 실용서 형식을 취했지만, 모두 라틴어로 씌어진 것들이었다. 그러나 곧 '중세저지독일어 Mittelniederdeutsch'가 이곳 옛 리브란트(리보니아) 지역에서 중심적인 언어로서 역할을 담당하게 된다. 중세저지독일어를 간단하게 특징 짓는다면, 한자동맹의 '상업독일어'였다. 이 말은 주로 독일 북부 해안 지역인 뤼베크어의 특성을 지니고 있었으며, 14세기 후반부터 한자 상업도시들 사이 공용어와 상업어로서 스칸디나비아와 발트해 지역, 그리고 러시아에 이르기까지 널리 사용되었다. 또한 여러 나라의 관청에 끼친 언어적 영향이 컸으며, 중세고지독일어 문학과 서사문학의 생성에도 그 바탕이 되었다.

중세 전기(약 1170~1250년경) 독일어는 '부족어–문학어–필기어–궁정문학어'로, 반면 중세 중기(약 1250~1500년까지) 독일어는 '지역어-특수어-초지역적 평민문학어'로 특징 짓고 있다. 당시 한자동맹은 수세기 동안 스칸디나비아와 슬라브계 동쪽 일부 지역의 독일어 문화권에서 지배적인 위치를 차지하고 있었다. 그러나 이미 14세기에 접어들면서 고지(표준)독일어는 저지독일어가 일상적으로 사용되는 지역에서도 문서어로 쓰이기 시작했으며, 16세기에 이르러서는 유럽 중동부 지방의 문서어로 완전히 그 위치를 확보하는 등 언어적 위상이 크게 바뀐다.

이러한 변화 가운데 프랑켄 출신의 '독일기사단'을 중심으로, 예를 들어 리브란트(리보니아) 지역의 고대 운문으로 된 연대기는 '중세고지독일어Mittelhochdeutsch'로 쓰인 것이다. 이 연대기는 수도원 기사들이 식사 때 낭송하는 책으로 사용되었으며, 리브란트 지역 기사들의 서사문학에 해당되는 훌륭한 텍스트였다. 고지(표준)독일어가 16세기 중반 확산되어 19세기 말까지 발트 지역의 유일한 교양어로서 자리 잡게 되지만, 고지독일어의 정치적 소속은 주목되지 않았다. 발트 지역은 스웨덴의 통치하에 있든 폴란드나 러시아의 통치하에 있든 독일어권 문화지역에 속해 있었다. 그만큼 독일어는 우월적 지위를 누렸다. 근거는 1561년 "지기스문트 아우구스트 황제의 특권privilegium sigismundi augusti"으로 독일어 사용, 독일 사법권, 독일 학교 및 교회, 신교신앙에 대한 권리를 법적으로 확정한 때부터 19세기까지 이어졌기 때문이다.

우월적 지위를 누렸던 독일어의 실상은 먼저 에스토니아와 리브란트 지역을 중심으로 살펴볼 필요가 있다. 발트 지역의 문화인으로서 주류를 형성했던 상류층 계급은 토착화된 독일인이거나 이주민 독일인 혹은 독일어 사용자들이었으며, 이러한 독일어 사용자들에는 에스토니아 지식인들도 속한다. 그리고 이곳으로 끊임없는 이주가 독일어권 지역들과 생생한 문화교류를 가능하게 해주었다. 17세기에 이르러서는 더 많은 에스토니아인, 라트비아인과 리투아니아인들도 점점 교양독일어 교육에 참여하게 되었다. 그러나 1632년 마침내 에스토니아의 도르파트(Dorpat; Tartu)에 교육도시가 생기고, 19세기가 흐르는 동안 비로소 에스토니아를 비롯한 라트비아, 리투아니아의 언어와 문화가 독일어 문화와 경쟁력을 갖게 되었다. 19세기 후반기에 이르러 러시아화 정책이 더욱 강화되었지만, 문화적 각인은 독일 상류문화와 발트 민족문화라는 두 흐름에 의해 결정되었다.

이러한 두 문화 간의 상호작용은 어떤 성격을 지녔는지 규정할 필요가 있다. 유럽문화의 전통 속에서 고대 이후 자신들과 인종이 다른 외지인들은 서로 차별화되었다. 헬레네인과 그리스인 대 야만인과 비그리스인, 기독교인 대 비기독교인, 문명국가 대 비문명국가, 문화민족 대 자연민족, 현대문화 대 전통문화 등등이다. 외지인의 차별적인 문화는 인종적 원리에 의해서 이루어졌으며, '다른 것'을 자신들의 인식관에 종속시키고자 하는 요구로 일관되어 이루어졌다. 이러한 인식은 원래 식민주의적 사고방식이며, 이러한 사고방식이 문화담당자의 이데올로기를 결정지었다. 소위 '비문화Unkultur'를 개화시키고자 시도하는 사명으로 받아들여졌다.

식민지적 해석 모델은 리브란트의 중세적 연대기의 특성을 잘 나타낸다. 이 연대기들은 문화적 차이를 기독교적 세계질서라는 범주에서 볼 때, 낯설고 적대적이며 진기한 것으로 여겨 부정적으로 평가되었다. 여기서 '진기한 것'은 자신들의 기독교적 모델에 맞춰 전향시키고 예속되도록 교정해야 한다는 점이다. 그러나 엄밀하게 말하면, 독일기사단의 마리아 숭상사명은 타문화의 독자적 가치를 인정하지 못하는 행위에 속한다. 연대기들이 서술하는 역사는 이방인을 성공적으로 교화시키는 이야기, 즉 하느님의 새로운 포도밭을 이식시키는 이야기이다. 반면, 당시 기술된 연대기들은 토착민의 생활 모습, 예절, 신앙 등에 대해 보고해주는 유일한 자료로서 문헌적인 가치가 크다.

다른 한편으로 연대기들은 중요한 문학적 의미를 지녔다. 연대기의 역사적 기록이 상류층 독자들에게 인위적 형태로 소개되었지만, 역설적으로 독자에게 미학적 향유물로서 역할과 기능을 떠맡고 있었기 때문이다. 이런 식으로 연대기들이 문학텍스트로 간주된 것이다. 일부 연대기는 운문으로 쓰였으며, 중세 음유시인의 문학적 전통을 따르고 있다. 앞서 언급했듯이, 옛 운율로 된 리브란트 지방의 연대기는 신비스러운 마리아 숭상에 대한 보고문 형식으로서 문학성을 띠고 있었다. 물론 리브란트문학은 마리아 찬가, 안나 노래, 격언 문학 혹은 연가 등 발전된 형태의 문학으로 표현되기도 했다.

이때 지역적 특성을 얼마만큼 띠었는지 말하기는 어렵다. 추측

레발(탈린)의 니콜라이 성당에 있는 죽음의 무도

컨대 북부 독일 여러 지역으로부터 문화적 양식이 문학적 창작력이 부족한 마리아 숭상 나라로 옮겨진 것으로 볼 수 있다. 마치 뤼베크 출신 화가 노트케Bernd Notke(대략 1430~1509)의 「레발의 니콜라이 성당에 있는 죽음의 무도Totentanz der Nikolaikirche in Reval」(1482)가 중세 저지독일어로 옮겨진 것과 같다. 이 유화는 오랫동안 1463년 뤼베크의 마리아 교회에 있었던 유명한 「죽음의 무도」의 축소 복사본으로 알려지고 있다. 가로 1.5m, 세로 7.5m 크기의 화폭에 교황, 황제, 여황제, 대주교, 왕과 함께 나란히 손을 잡고 춤추는 해골 모습의 죽음을 보여주고 있다. 그들의 발아래 중세 저지독일어로 쓰인 쌍운 8행시를 일컫는다.

다중언어로서 문화적 공유와 전환

　　모국어로 신앙고백을 요구하는 것과 더불어 종교개혁이 발트 지역에 문화적 전환을 가져왔다. 당연히 토착민을 일깨우는 영혼의 목사로서 역할을 하고자 하는 필요성에 의해 토착민의 언어에 대한 관심이 생겨났다. 이 시기 두 개의 언어, 즉 저지독일어와 에스토니아어로 된 텍스트들은 대부분 개신교 텍스트의 번역물로서 교리문답가인 **반라트─클**Wanradt-Kõll(??)[1]에 의해 1535년 비텐베르크Wittenberg의 루프트Hans Lufft 집─루터의 성경도 출판된─에서 인쇄되었다. 에스토니아어로 된 최초의 서적은 「루터교카데키즘」인데, 이는 전 유럽에 개혁의 열풍이 한창이었던 무렵인 1525년에 출판되었다. 이후 18세기까지는 주로 종교적 내용의 서적들이 출판되었으며, 성경이 완역된 해는 신약성서가 1686년이고, 구약성서는 1739년이다. 또한 1600년경 **뮐러**Georg Müller(대략 1570~1608)의 필사본 개관과 같은 설교개관서는 발트의 다중언어에 대한 독특한 증거물이다. 이때부터 독일어에서 에스토니아어로, 에스토니아어에서 다시 라틴어로 다중언어 사용이 방해를 받지 않았다.

　　그 당시 텍스트를 한 가지 언어로 쓴다는 것이 얼마나 어려운 작업인가를 지금으로서는 상상하기가 매우 어렵다. 에스토니아어 텍스트는 독일어의 문법체계와 완전히 다르다. 그 어떤 규칙도, 문법서도, 사전도 없었기 때문이다. 그렇기 때문에 설교자는 동시에 문법의 창시자였으며, 주로 청각에 의존해서 에스토니아어를 정리하려고 했다. 당시 문자어가 비록 구어와 상당히 거리가 있었지만, 에스토니아인들이 외지인들에 의해 쓰인 에스토니아어를 인정하기까지는 오랜 시간이 걸렸다. 따라서 그 이유를 밝히려고 한다면, 발트3국 언어사에서 별도의 연구가 필요하다. 이러한 언어형성 과정에서 에스토니아 언어에 끼친 영향, 이후 문학에 끼쳤던 영향은 컸다. 이처럼 성경의 전체적 상징성은 이로부터 후대에 이르기까지 언어적 형성력을 발휘하는 형질을 부여받은 것이다.

토착민을 기독교인으로 개종토록 교육하고자 하는 소망이 목사들에게 에스토니아어를 연구하고 에스토니아 문자로 글을 쓰게 하는 계기가 되었다. 그러나 토착민의 관습, 풍속, 신앙은 여전히 반기독교적인 것으로 단죄되었다. 이질적 환경의 토착민은 미성숙한 하층민으로 여겨졌으며, 그들의 고유한 문화 역시 거의 주목을 받지 못하였다. 반면, 바로크 시대의 목가시만이 겨우 토착민의 목가적 풍속에서 문학적인 테마를 발견했을 뿐이다. 독일인 **플레밍**Paul Fleming(1609~1640)은 페르시아 여행에서 귀로하던 중 레발(Reval; Tallinn)에 머물면서, 많은 러브스토리와 함께 유모어시「리브란트의 백설 공작부인Lieffländische Schneegräfin」을 썼다. 이 시에서 플레밍은 낯선 선입견이나 부정적 견해 대신, 에스토니아의 결혼식 풍습을 잘 묘사하고 있다. 레발(탈린)에 살고 있던 그의 친구이자 같은 독일인 **브로크만**Reiner Brockmann(1609~1647)은 **오피츠**Martin Opitz(1597~1639)의 새로운 시작론에 근거하여 에스토니아어로 쓰인 「결혼식 노래Hochzeitslied」[2]를 독일어로 다음과 같이 찬미하고 있다.

다른 나라 사람들은 다른 언어로 말하고 싶지
나는 에스토니아어로 글을 쓰려고 했지
이 나라 사람들은 에스토니아어로 말한다네
해변가에서 사람들은 에스토니아어로 말하고
울타리 안에서 사람들은 에스토니아어로 말하고
농부들도 에스토니아어를 말하지
귀족들은 에스토니아어를 말하고
학자들도 요즈음 마찬가지라네
귀부인들 역시 에스토니아어로 말하고
독일 출신 사람들이 에스토니아어로
젊은이 늙은이 가리지 않고 모두가
에스토니아어로 말한다네
보아라, 이곳 사람들이 에스토니아어를 어떻게 생각하는가!
교회에서 에스토니아어 설교를 듣나니
하나님 말씀도 스스로 에스토니아어로 가르치시기 때문이지
현명한 어부의 아낙네들 역시
이제는 에스토니아어를 즐겨 배운다네
나는 에스토니아어로 글을 쓰려고 했지
다른 나라 사람들은 다른 언어로 말하고 싶지[3]

Andre mögen ein Andres treiben,

Ich hab' wollen ehstnisch schreiben.

Ehstnisch redet man im Lande,

Ehstnisch redet man am Strande,

Ehstnisch red' t man in den Mauern,

Ehstnisch reden auch die Bauern,

Ehstnisch reden Edelleute,

Die Gelehrten gleichfalls heute,

Ehstnisch reden auch die Damen,

Ehstnisch die aus Deutschland kamen,

Ehstnisch reden Jung' und Alte:

Sieh' , was man von Ehstnisch halte!

Ehstnisch man in Kirchen höret,

Da Gott selber ehstnisch lehret;

Auch die klugen Pierinnen

Jetzt das Ehstnisch lieb gewinnen.

Ich hab' wollen ehstnisch schreiben,

Andre mögen Andres treiben!

브로크만을 모범 삼아 에스토니아어로 즐겨 모방하여 창작하는 형식이 에스토니아에서 서서히 문학형태로 발전되었다. 이런 문학적 행위가 에스토니아어를 사용하는 민중들에게까지는 다가가지는 못했지만, 간접적으로 에스토니아 언어문화에 대한 자의식을 키워주는 중요한 역할을 했다. 당시 다중언어를 수단으로 문학행위를 하는 것은 바로크 시대 거드름을 피우는 유희이기도 했다. 그러나 이러한 유희 속에서 에스토니아어가 독일어, 라틴어, 그리스어, 스웨덴어와 동등한 자격으로 인정을 받게 된 것은 오늘날 높이 평가받을 만한 일이다.

실질적으로 에스토니아 언어와 문학에 대한 사고방식에서 새로운 지평은 계몽주의가 열었다. 계몽주의는 타국의 문화를 독자적인 것으로 수용하여 자국의 문화와 동등한 선에서 인정을 했다. 타국 문화를 통해 이제는 참다운 실질적 민족문화 간의 차이를 찾고자 하였다. 이렇게 해서 민속과 신비로움에 대한 관심이 학문적 연구의 대상으로서, 또한 자국 문화를 위한 영감의 원천으로서 에스토니아어가 일깨워졌다.

5.2 계몽주의와 질풍노도 시기의 민족의식

발트 지역의 민족의식

인간의 삶과 가치를 가늠하는 역사와 사회적 배경은 좀 더 근원적인 문학적 토양을 진단하는 데 있어 필수조건이다. 특히 발트 지역에서 독일, 독일인, 독일문화가 주도적인 역할을 담당했다는 점에서 보더라도 언어, 민족, 문화라는 상관관계는 시대정신까지 포용하기 때문이다. 이에 대한 증거로 질풍노도 초창기 **하만**J. G. Hamann(1730~1788)과 **헤르더**J. G. Herder(1744~1803)의 정신적 영향에서 비롯된 에스토니아 및 라트비아 국민문학의 발생을 들 수 있다. 독일어를 사용하는 소수민족과 공동체가 겪는 역사적 운명 가운데서 발현되는 문학

하만(1730~1788)

라트비아 리가에 있는 헤르더(1744~1803) 동상

적 현상은 사회와 문화에 대한 이해를 전제하는 것이다. 이러한 측면에서 본다면, 발트 지역의 문학적 배경과 발생에 관련된 독일문학사의 계몽주의와 질풍노도는 문학운동으로서 의의뿐만 아니라 역사적·지리적 관점에서 그 해석의 범위를 넓힐 수 있다.

반면 역사학자 텐브록Robert-Hermann Tenbrock은 "질풍노도 시기의 독일인들이 비로소 역사의식과 민족의식을 갖게 되었다"[4]고 기술하면서, '질풍노도' 운동의 발생을 총체적인 사회현상으로 진단하였다. 동시대인들에게 예술적 주관성은 당시 계몽주의의 구속으로 제한받음으로써 역으로 인간의 참다운 바탕에 대한 열망이 상대적으로 컸다는 점을 빠트리지 않았다. 독일문학사적 기술을 달리하는 시대상황적 판단이다. 당시 지배적이었던 도덕과 법률로 각인된 인간의 생활과는 달리 불가사의하고 이해할 수 없는 의미의 자연에 대한 믿음이다. 이에 근거한 다양한 사회적 요구를 표출하기 위해 혁명적인 정신운동으로서 '질풍노도'가 일어난 것으로 보았다. 그러나 핵심은 특정한 시기의 민족적 개념이다.

'스투름–운트–드랑(질풍노도)' 운동은 루소처럼 자연인에서 그 이상을 보았으나, 그 이상은 18세기의 문화인에 대한 대립으로서 형성된 것이 아니라 발전도상의 어느 특정한 시점에 있는 민족에서 발견했다.[5]

Wie Rousseau sah er(Sturm-und-Drang) zwar auch sein Ideal im Naturmenschen, aber er entwarf diesen nicht allein als Gegensatz zum Kulturmenschen des 18. Jahrhunderts, sondern entdeckte ihn in jedem Volk zu einem bestimmten Zeitpunkt seiner Entwicklung.

개인과 마찬가지로 민족도 '청년기–장년기–노년기'가 있으며, 다른 민족과 구별되는 특유한 개체성을 갖고 있다는 인식에 근거하고 있다. '질풍노도' 운동은 여태까지 유럽의 사상적 경향에서 찾아볼 수 없었던 민족의 고유성과 특수성을 특히 독일민족에게 일깨워주었다. 무엇보다도 헤르더의 저서 『인류의 역사철학에 대한 이념Ideen zur Philosophie der Geschichte der Menschheit』 (1784~1791)[6]을 통하여 개개 민족의 역사와 민족성이 발트 지역을 포함한 유럽의 정치적 종교적 생활에 지속적으로 영향을 미쳤다는 점에 유의할 필요가 있다. 물론 이 저술은 칸트의 예리한 비판을 끌어들였지만, 유럽에서 소위 '민족주의'라는 사상적 근원이 바로 여기로부터 출발한다는 역사적 진단들이 이를 뒷받침하고 있다.

계몽주의 시기

　　이러한 계몽주의적 통찰은 발트 지역에서도 낯선 것이 아니었다. 에스토니아 오버팔렌(Oberpahlen; Põltsamaa) 출신 **릴리엔펠트**Jakob Heinrich von Lilienfeld(1716~1785)는 『새로운 국가체제Neues Staats-Gebäude』(1767)라는 저서에서 평화롭고 자유롭게 통일되는 유럽을 그렸다. 당시로서는 획기적인 것으로 진보적인 이상국을 꿈꾸었다. 반면 **후펠**August Wilhelm Hupel (1737~1819)이 담당한 지역 소식지는 에스토니아 민족의 영혼을 이해하기 위한 목적으로 에스토니아 연구를 요구하였다. 그는 1781~1798년 동안 자신이 발간했던 잡지 〈북방문집Nordische Miscellaneen〉에서 지역, 역사, 지리, 명작선집, 통계, 사회, 경제와 법률 등 거의 모든 발트에 관한 정보를 46편의 글로 알리고 있다. 이러한 영향관계는 하만과 헤르더가 재정적 후원을 받게 된 '베렌스 써클Berensscher Kreis'의 활동에서도 드러난다.

　　또한 당시 헤르더의 영향은 매우 컸다. 당시에는 주로 리브란트(오늘날 라트비아)를 중심으로 펼쳐졌다. 미숙한 이곳 발트민족들에게 비로소 민족성과 고유성을 자각할 수 있는 결정적인 계기를 마련해준 것이다. 그 결과로 헤르더의 사상을 기반으로 편찬한 **메르켈**Garlieb Helwig Merkel(라트비아어; Merkelis, 1769~1850)의 출판물들은 에스토니아인들과 라트비아인들에게 '민족의식'을 강하게 심어주었다. 헤르더는 코체부와 함께 잡지 〈솔직한 사람Der

Freymütige〉(1805~1807)을 발간·운영하였으며, 괴테, 실러와 낭만주의적 입장에 반대하는 저널리즘적 글쓰기 작가였다. 주요 작품으로는 라트비아인들의 자유와 권리를 옹호하는 『라트비아인 Die Letten』(1797)을 비롯하여, 『조국으로 귀환Die Rückkehr ins Vaterland』(1798), 『여행이야기Eine Reisegeschichte』(1800), 『산문모음집Erzählungen』(1800) 등을 들 수 있다.

문학사적 측면에서 보면, 리브란트 역사와 더불어 독일발트문학과 라트비아문학이 서로 공존할 수 있었던 시기가 계몽주의 이후에 비로소 가능했다. 물론 당시 라트비아와 에스토니아 민중들의 문자 해독력이 상당한 수준에 이르렀지만, 19세기까지 라트비아에서 문학계를 이끌어간 인물들은 발트독일인들이었다. 이보다 앞서 에스토니아어와 마찬가지로 라트비아어로 1525년 발간된 최초의 텍스트는 「루터교 카테키즘」으로 반개혁주의자들에 의해 몰수되어 뤼베크에서 불태워져 남아 있지 않다. 현존하는 가장 오래된 책은 1585년 리투아니아 빌뉴스에서 편찬된 『가톨릭 카테키즘』이다.

그러나 다양한 발트민족들이 공통적으로 즐겨 불렀던 「지에스마스Dziesmas」를 통해 라트비아 민족 역시 그들의 사랑과 아픔을 표현하였다. 노동을 할 때 부르는 노래, 결혼식이나 생일 등 예식 행사의 노래, 아이들이 놀면서 부르는 노래 등 '지에스마스'의 종류는 다양하다. 곡조도 단순하고 구성도 소박하지만, 민중들의 삶을 문학적 언어로 표현하고 있다는 점에서 주목할 텍스트이다.

이러한 전통에 이어 계몽주의 시기 라트비아인의 편에 서서 그들의 입장으로 저술활동을 한 독일인 가운데 가장 대표적인 인물은 앞서 언급한 독일인 메르켈이었다. 그는 독일어로 저술활동을 했지만, 평생토록 그의 조국은 리브란트(라트비아)라고 말했을 정도로 삶의 터전을 중시했다. 그는 작품 활동을 통해 라트비아인의 민족의식을 계몽시키는 데 큰 역할을 수행했을 뿐만 아니라, 라트비아와 에스토니아인의 자유를 억압하는 독일인을 비판하기도 했다. 또한 많은 잡지의 서술활동을 통해 시대, 사회 및 문화비평에서도 두각을 드러내었다. 이처럼 그는 독일기사단이 정착되기 전 에스토니아와 라트비아의 문화가 아주 높은 단계에 있었음을, 그리고 6세기가 넘는 장기적인 문화적, 정치적 압제에 대해서도 서술하였다. 이후 메르켈의 신념은 발트문학에서 계속해서 즐겨 쓰였다.

메르켈에 못지않은 역할을 한 발트독일어 작가로는 **슈텐데르** Stender 부자(아버지 Gotthard Friedrich; 1714~1796, 아들 Alexander Johann; 1744~1819)를 들 수 있다. 그들은 독일어와 라트비아어로 저술활동을 하였다. 독일시를 라트비아어로 번역하거나 라트비아의 동화 및 민요를 수집하여 편찬함으로써 농민들에게 밝고 올바른 생각을 심어주기 위해 노력한 인물들이었다. 특히 아버지 프리드리히는 라트비아의 자연과 지리에 관한 연구서를 최초로 편찬하기도 했다.

반면 리투아니아의 문화는 발트국의 역사적 변천과정에서 알

수 있듯이, 에스토니아와 라트비아와 달리 독일보다는 폴란드의
영향을 많이 받았다. 16세기 이후 서유럽과 직접적인 문화적 교류
를 한 것 또한 리투아니아의 문화에 많은 영향을 끼쳤다. 그뿐만
아니라 러시아 차르의 통치기간인 1795년부터 1915년 동안에는 러
시아의 문화적 영향도 컸다.

질풍노도 시기

발트 지역에서 이 지역을 최초 문학적으로 표현한 독일인으로는 『리브란트 연대기Livländische Chronik』를 쓴 **레트란트** Heinrich von Lettland(라틴어 표기; Henricus de Lettis, 1187~1260)를 꼽는다. 당시 독일 내의 사정과 비슷하게 독일어가 아닌 라틴어를 사용한 것이었다. 400년이 지나서야 비로소 발트 지역에 관해 독일어로 쓰인 최초의 기록이 나오는데, 그것은 **만첼리우스**Georg Mancelius(1593~1654)의 『라트비아 지침서Lettisch Vademecum』(1631)이다. 하지만 그것은 협의의 의미에서 '문학' 작품은 아니다. 그러나 다시 100년이 지난 후 저명한 작가들이 배출됨으로써 초기 독일발트문학은 그 토대를 마련한다.

독일문학사의 관점이나 문예학적 평가의 차원에서 정의를 달리할 수 있다. 즉 독일발트인이라는 역사적, 사회적 배경을 통한 그들의 사상과 문학적 원천이 어떻게 발현되었으며, 독일문학에 끼친 영향은 물론 무엇으로 그들의 위상을 독일문학사에서 어떻게 자리매김할 수 있느냐에 대한 논증이 필요하기 때문이다. 그러나 여기서 언급한 독일발트문학은 엄밀하게 말해서 독일문학과 문학사에 일부 편입된 것이다. 기존 독일문학사에 기술되어 있는 하만, 헤르더, 렌츠J. M. R. Lenz(1751~1792), 클링어F. M. Klinger(1752~1831), 코체부August von Kotzebue(1761~1819) 등이 대표적인 인물이다.

렌츠는 리브란트에서 태어나 모스크바에서 생을 마감하였지만, 독일을 비롯하여 유럽 전역을 편력할 정도로 방랑과 병고에 시달린 삶을 살았다. 그는 클링어와 함께 '질풍노도' 시기의 중요한 극작가이자 시인이었다. 어린 나이에 1759년 도르파트(타르투)로 갔지만, 1768~1771년 동안에는 쾨니히스베르크(Königsberg; Kaliningrad)에서 신학을 공부하였다. 1771년 슈트라스부르크 클라이스트 남작의 가정교사로 있으면서 괴테, 헤르더, 융–스틸링, 잘츠만 등과의 결정적인 만남이 이루어졌다. 그곳에서 호머, 셰익스피어, 오씨안 등과 같은 문학세계로부터 새로운 자극을 받았다. 1776년 괴테의 권유에 따라 바이마르로 갔지만, 이미 정신적으로 많이 피폐했던 그는 스위스로 휴양차 떠나고, 다시 리가로 되돌아간다. 이처럼 말년에 병고에 시달리는 등 파란만장한 이력을 지녔다.

렌츠의 모든 작품은 주변 지인들과 만남에서 받은 영향과 자신만의 독특한 경험의 산물이라 할 수 있다. 늘 불안하고 긴장 속에 놓여 있었으며, 예민한 성격으로 비롯된 문학적 표현은 환상으로 시작한다. 괴테를 표본으로 삼아 괴테의 작품을 모방하였지만, 그의 희곡 『가정교사Der Hofmeister』(1774)와 『병사들Die Soldaten』(1776)은 사회비판과 생생한 심리묘사가 뛰어나며, 현대적 형식구성을 처음으로 시도한 대표작들이다. 이후 브레히트가 개작하여 주목을 받았다. 연속적이고 무질서하며 변덕스러운 희곡은 전통적인 형식과 파노라마 연극의 관습에 대항하여 형식적

렌츠
(1751~1792)

클링어
(1752~1831)

변혁을 불러일으켰다.

클링어는 프랑크푸르트 암 마인에서 태어났지만, 도르파트(타르투)에서 생을 마감했다. 가난한 유년시절을 보낸 다음, 1774~1776년 동안 독일 기센 대학에서 법학과 신학, 문학을 전공했다. 법학공부를 하는 동안 1776년 바이마르에 있는 괴테를 방문하여 많은 조언과 도움을 받았다. 그러나 클링어는 렌츠와는 달리 대부분 군인으로서 방랑적인 삶을 이어갔다. 배우와 극작가로서 스위스 자일러Abel Seyler(1730~1800) 군대와 함께 1776~1777년 동안 여행한 것을 비롯하여, 1778년에는 오스트리아에서 군인, 이후 1780년 함부르크를 경유하여 페테르부르크로 가서 육군중장에 이르기까지 군인생활에 충실하였다. 1785년에는 그곳에서 러시아의 학생군사훈련단장을 맡았으며, 1803~1817년 동안 도르파트 대학의 이사로 재임하기도 했다.

『슈투름 운트 드랑Sturm und Drang』(1776)은 클링어의 초기 희곡으로 '질풍노도' 문학운동의 명칭이 되었다. 원래는 카우프만 Ch. Kaufmann의 작품인 『혼란Wirrwarr』과 같은 제목이었기에, 이후 '슈투름 운트 드랑' 으로 제목을 변경했던 작품이다. 초기 작품의 주제는 제어하기 어려운 거친 언어 속에 격정과 찬미가 뚜렷이 나타나며, 문체에서도 혁신적 형식을 취했다. 그러나 차츰 조화로운 균형과 다양하고 온화한 언어를 사용하기 위해 노력하였으며, 누구보다도 루소의 영향을 많이 받은 탓에 철학적 소설이라는 분야를 창조했다는 평가를 받는다. 동시대인들은 물론 독일인의 문화적 기억 속에 완전히 잊혀진 것은 아니지만, 오늘날 기억의 변방에 존재하는 문학인이라고 할 수 있다.

클링어는 알렉산더 1세의 왕위계승 후 짧은 기간 내 문인장군으로서 러시아의 교양사회에서 가장 영향력 있는 인물로 승승장구했다. 이러한 성공에도 불구하고 국외자로 남을 수밖에 없었던 그의 기구한 삶과 문학적 활동은 죽음에 이르기까지 계속된다. 이러한 맥락에서 그가 장편소설 『어느 독일인 이야기Geschichte eines Teutschen』(1798~1810)을 쓰면서 빠졌던 사회적 환경이나 속박, 힘의 균형 등 쌍방향의 역학관계는 흥미로운 점이다. 무엇보다도 그의 작품이 교양소설의 연구사에서 특별한 의미를 지니고 있느냐에 대한 진단이다.

클링어는 앞서 발표한 『아킬라 출신 라파엘 이야기Geschichte Raphaels de Aquillas』(1793)에 이어 『어느 독일인 이야기』가 루소의 사상을 수용한 문학적 기록이라는 점에 '독일의 에밀Emil'로 불리기도 한다. 이 장편소설은 '독일문학에서 최초로 중요한 시대소설'로, 최근의 연구에서는 '후기 계몽주의 소설'로 받아들여지고 있을 정도로 다양한 해석과 수용을 낳을 수 있는 문제작이기도 하다.

비록 『어느 독일인 이야기』 10부작은 미완성이었지만, 연작은 당시 지적으로도 하나의 사건이었다. 이러한 연작형식은 '대답 없는 질문들'을 던지도록 했을 뿐만 아니라, 철학적 입장을 묵시적으로 다른 것과 연관시키는 일도 가능하게 했다. 러시아에서만큼은 프랑스 혁명의 영향이 미치지 못하도록 카타리나 2세가 가혹한 대책을 취할 때, 본 작품의 첫 3권이 발간되었다. 그러나 클링어가 독일에서 페테르부르크로 이주하게 된 것은 극작가 겸 장편소설 작가로서 군대에서 경력을 쌓기 위해 노력하던 중 의도하지 않게 발생된 결과이다. 공포정치, 신변불안, 익명으로 출판, 배포금지 등 시대상황적 박해가 주요 내용이다. 한편으로 독일문학과 독일발트문학에서 어떠한 위치에 놓이며 어떻게 평가받느냐는 문학사적 고려가 필요하다.

반면, **코체부**는 공사관의 아들로 독일 바이마르에서 출생하여 만하임에서 생을 마감했지만, 주요 활동의 무대는 발트 지역이었다. 1777~1779년 동안 뒤스부르크와 예나에서 법학을 전공한 다음, 1780~1781년에 걸쳐 바이마르에서 변호사로 활동하였다. 이어 1781년 페테르부르크 총독의 비서, 1781년에는 귀족신분을 부여받고, 마침내 에스토니아 총독부의 수장이 되었다. 그러나 1790년 해임된 후 파리와 마인츠 등으로 옮겨가면서 개인적인 삶을 살았다.

작가로서 코체부의 활동은 1795년 레발(탈린)에 있는 영지로 생활 근거지를 옮기면서부터 시작된다. 1797~1799년 동안은 오스트리아 빈에서, 1799년에는 바이마르로, 1800년에는 러시아로 다시 돌아가 극작가로서 활동했다. 희곡 『표트르 3세의 늙은 마부Der alte Leibkutscher Peters III』(1800) 때문에 체포되어 시베리아로 유배당하지만, 4개월 후 파벨 황제가 다시 불러들여 페테르부르크에서 독일극단의 지배인이 됨으로써 희곡과 관련된 활동을 이어갔다. 그러나 1801년 궁정고문직에서 해임된 후, 1802~1806년 동안 베를린에서 메르켈과 함께 잡지 〈솔직한 사람〉을 발행하는데, 이로 인해 괴테와 소설가들과 논쟁이 벌어졌다.

그러나 '질풍노도'의 문학은 젊은 괴테를 빼놓을 수 없다. 문학혁명운동의 창조적 중심에 괴테가 놓여 있었기 때문이다. 당시 괴테의 작품은 헤르더의 모든 비합리적인 정신력을 강하게 노래하고, 인간과 민족, 자연과 신앙, 역사와 문화라는 형식으로 광대한 정신의 영역을 목표로 하고 있었다. 헤르더는 1770년 9월 젊은 괴테와 만난 이후 그에게 지대한 영향을 끼치고, 그의 진로를 결정하는 선구자 역할을 했다. 정신적 해방을 희구하고 있던 괴테에게 직관력과 생명의 직접적인 근원을 인식하게 하는 계기를 마련해준 것이다.

헤르더와 더불어 실질적으로 '질풍노도'라는 문학혁명의 초석을 다진 사람은 **하만**이다. 또한 발트문학의 발생에서도 이들의 정신적 영향은 컸다. 하만은 쾨니히스베르크 대학에서 신학과 법학을 공부하였으며, 여러 외국어에 능통하였지만, 소시민적 삶을 살았다. 때문에 재산의 상속과 사회적 특권을 누리는 귀족들에 대해 회의를 품게 되어 신분 간의 불평등 제거에 관심이 많았다. 하만의 저서들은 확연하지 않은 암시와 상징, 조소와 예언, 오만함과 기이함이 독특한 방법으로 혼합되어 이해에 어려움을 가져다주었지만, 젊은 세대에게 강렬한 인상을 심어주기에 충분했다. 특히 헤르더에게 큰 영향을 미친다.

하만과 헤르더의 관계는 특별하다. 질풍노도의 문학에 대한 원동력은 바로 이 두 사람으로부터 비롯되었기 때문이다. 이들 중 하만은 계몽주의자에 대해 철저한 비판자적 입장을 견지했으며, 생명의 포괄적이며 종교적인 갱신을 위해 노력했다. 인간을 이성이 아니라 감성과 감정의 존재로서 인식하고, 바로 이러한 인식의 바탕에서 인간의 언어를 무한한 신적·정신적 본질의 비합리적인 상징으로 보았다. 가장 고귀한 영혼이 낳을 수 있는 선물의 하나로서 언어를 들고 있다. 즉 언어를 통해 인간은 새로운 세계, 신의 세계를 모방한다고 본 것이다.

하만은 『문헌학자의 십자군Kreuzzüge des Philologen』(1762)에서 "시는 인류의 모국어이다. 관능과 열정으로 각인되어, 인간의 인식과 행복이라는 총체적인 보화를 이미지 속에서 파악할 수 있도록 규정한다"는 주장을 하는데, 이는 이성과 언어의 관계를 설명하는 새로운 언어관이자 자신이 속한 북동 유럽 동프로이센의 위대한 사람은 자신의 사상을 이미지 형상인 '상징'으로 표현해야만 한다는 믿음을 대변하는 것이다. 헤르더의 『언어의 기원에 관하여Über den Ursprung der Sprache』(1772)와 『인류의 역사철학에 대한 이념』(1784~1791) 등에서도 하만의 영향이 잘 드러난다.

이처럼 질풍노도기 대표적인 작가들의 공통점은 출신지역과 활동영역이 대부분 리브란트(Livland; Livonija), 쿠르란트(Kurland; Kurzeme), 프로이센(Preußen; Prussen), 에스토니아(Estland; Eesti) 등 발트 지역에 근거하고 있다는 점이다. 방랑과 부유하는 가운데 끊임없이 새로운 것을 향하는 이들의 사회개혁적 열망은 당시 기존의 것에 대한 저항이자 열정적 극복이며, 이를 채워가는 과정에서 보여준 문학적 업적들이다. 자신들을 억누르는 사회적 편견과 신분 간의 불평등, 이를 극복하려는 언어관과 문학관은 혁명적 요인을 충분히 담고 있었다. 따라서 그들은 삶을 도외시한 학자, 문학과 초기 계몽주의의 시학을 멀리하면서, 민중과 직결된 문학에 몰두한 것이다.

이는 자신들의 정체성 확보라는 본질적인 문제에 맞닿아 있다. 그러나 자신들이 지향하는 진정한 삶에서 이루어지는 문학적 형상화는 독일문학과의 괴리, 주변, 소외라는 한계를 스스로 극복하지 못하는 외형적 제약으로 인해 독자적인 독일발트문학의 기틀을 마련할 수 없게 되었다. 그 과제는 다음 세대로 이어진다.

다른 한편으로 독일문학사의 입장에서 본 독일발트문학과는 달리 발트국 입장에서 독일발트문학을 조망할 필요성이 있다. 당연히 서술대상, 범위, 관점은 다를 수밖에 없다. 18세기 후반 러시아 제국의 발트해 지역에서는 문화적 부흥이 일어났다. 카타리나 2세의 명성이 독일의 학자들을 불러들였는데, 그녀의 명성은 계몽주의자로서뿐만이 아니었다. 리브란트에서 목사가 된다는 것은 독일에서 목사가 되는 것보다 훨씬 더 사회적으로 좋은 위치를 차지할 수 있었다. 때문에 발트국 쪽으로 진보적인 사상가와 작가들이 모여들었고, 독일과 발트국 간의 문화교류 및 발전에 중요한 계기를 마련할 수 있었다.

헤르더의 민족개념과 국가관

    헤르더는 질풍노도기 '문학혁명'에서 이데올로기적인 투쟁의 선구자였다. 동프로이센 모룽엔(Mohrungen; Morag) 출신 헤르더는 극빈자의 가정환경에서 자라났다. 1756년에서 1763년에 걸친 7년 전쟁 동안에 러시아 통치하에서 모룽엔에 체류 중이던 러시아 군의관의 권유를 받아 동프로이센의 수도 쾨니히스베르크에서 의학을, 이어 철학을 공부하는 동안 칸트의 제자가 되고, 하만과 친분을 맺기도 한다. 그 이전에는 사회비판적인 작가의 명성을 가졌으나, 칸트와 하만의 소개로 1764~1769년 동안 리가(Riga; Rīga)에서 교사와 설교사로서 일하면서, 1765년 5월부터 시작한 낭트행 여행이 '계몽주의'에서 '질풍노도'로 전환하는 계기를 마련해주었다.

    이후 설교사 직업을 그만두고 1769년 11월 파리, 1770년 암스테르담과 함부르크를 거쳐 오이틴으로 돌아온 후에도 이탈리아, 다름슈타트, 칼스루에 등으로 여행을 계속했다. 슈트라스부르크에서 만성 눈병을 치료하기 위해 머무는 동안 1770년 9월 괴테와 운명적인 만남이 이루어졌다. 헤르더는 괴테를 민요와 셰익스피어의 세계로 이끌었다. 괴테의 초기 작품에 가장 큰 영향을 끼친 사람이 바로 헤르더였다.

    헤르더가 괴테를 만나기 이전 그의 삶은 빈곤으로 인해 지적 욕구에 대한 갈망이 상반되도록 컸다. 헤르더는 더욱 폭넓고 보람찬

삶에 대한 소원에 이끌려 거의 유럽 전역을 여행하면서도 곳곳에서 문학클럽 활동을 계속했다. 이를 바탕으로 유명한 『1769년 나의 여행기Journal meiner Reise im Jahr 1769』(발간, 1846)를 썼다.[7] 헤르더는 자신을 젊은 시대의 투쟁을 위하여 상처 입은 신들에 비유하기도 했다. 이는 자신의 내면세계에서 명확하게 대비되는 두 개의 성격, 즉 감수성과 풍부한 정신 속에 비로소 자유를 그리워한 것이다. 자신감과 패배감, 감격과 아픔, 사랑과 경멸, 전체에 대한 욕구와 고독, 행위에 대한 의지와 우울한 번민 등이 그의 중심 주제이다.

1771년 4월 뷔켄부르크에서 궁정목사와 종교국 평정관을 지내고 1776년 10월부터는 괴테의 도움으로 바이마르 궁정목사와 관구 총감독이 된다. 그러나 비이란트Wieland, 크네벨Knebel, 장 파울 Jean Paul 등과 친분을 가지면서 점차 괴테와 소원해진다. 1788~1789년 이탈리아 여행 후 1801년에는 상임 종교국장이 되며, 1802년에는 마침내 귀족 지위를 얻게 된다.

헤르더는 칸트의 자연철학 강의를 통해 이성 중심의 계몽적 인식으로부터 전환을 꾀할 수 있었지만, 칸트보다는 하만의 문학관과 언어관을 계승하였다. 또한 당시 몽테스키외Montesquieu, 루소 Rousseau, 세이프츠버리Shaftesbury, 레싱Lessing, 빙켈만 Winckelmann, 클롭슈톡Klopstock 등의 작품을 통해 깊은 감명을 받음으로써 변화가 일어났다. 익명으로 최초의 평론서 『최근독일문학론Über die neuere deutsche Literatur』(1767~1768)과 『비평의

숲-학문과 예술로서의 미에 관한 고찰Kritische Wälder oder Betrachtungen, die Wissenschaft und Kunst des Schönen betreffend』(1769) 등의 출판도 이러한 시기에 이루어졌다.

헤르더의 작품의 가치는 오랫동안 지속되지 못했지만, 독일과 유럽의 정신사에 있어서 중요한 자극을 주었으며, 당시 그의 사상은 많은 논쟁을 불러일으키기에 충분했다. 그는 비이성주의 사상가로서 직관주의적, 신비주의적 믿음을 앞세우는 입장에서 칸트의 계몽주의적 이성주의 철학에 반대했다. 그는 또한 독일계 발트인으로서 리브란트(라트비아)의 민요 「다이나Daina」를 수집하여 이 지역의 풍부한 민요를 유럽에 최초로 주목시킨다. 이로 비롯된 그의 '민요' 개념은 독일문학에서 '민족' 이라는 개념으로 문학적 차원을 달리하게 하는 계기이자 토대가 되었다.

헤르더가 하만, 칸트와 교유하고 그들로부터 받은 초기 영향 가운데 주목되는 것은 오래된 민속문학과 게르만 민족의 과거에 대한 관심이었다. 함부르크에서 레싱을 방문하고, 슈트라스부르크에서 괴테의 선생이 되기도 했지만, 그의 업적 가운데 독일민족의 독자성과 독창성을 강조하고 있는 『최근독일문학론』(1767)은 질풍노도의 초기에 문학적 방향을 제시했다는 점에서 높이 평가된다. 특히 옛 민족의 노래에 대한 견해는 중요한 의미를 갖는다.

헤르더는 질풍노도 초기의 노래에 나타난 민중들의 소리며, 나무꾼이나 풀 베는 사람들이 일할 때 부르는 소박한 언어에서 언어의 아름다움을 찾았다. 민속노래를 수집하여 『노래에 나타난 민중의 소리Stimmen der Völker in Liedern』(1778)―처음에는 '민요집 Volkslieder'이라는 이름으로―를 출간했다. 이 속에는 거의 모든 유럽의 나라가 포함되어 있을 정도이며, 원시민족의 노래도 담겨 있다. 몇몇 노래를 들자면, 「들장미Das Heidenröslein」, 「마왕의 딸Erlkönigs Tochter」, 「에드바르트Edward」 등이다. "가장 중요한 문학은 평범한 사람들의 언어를 통하여 창작하여야만 한다"고 주장할 정도였다.

정신사적으로 본다면, 질풍노도기를 거치는 괴테의 시대는 당시의 사회적인 특수한 유기적 결합에 따라 독특한 결과를 생산했다고 볼 수 있다. 앞서거나 일정 기간 동안 함께했던 계몽주의 시기에는 다른 유럽의 나라들처럼 순수한 합리적 세계를 관찰하는 토대가 마련되었지만, 질풍노도 시기에는 독일인들이 최초로 역사의식과 민족의식을 가지게 된 점에 주목할 필요가 있다. 이러한 점에서 낭만주의는 질풍노도 운동과 밀접한 관계가 있는 반면, 고전주의 시기 시민들은 국가와 민족을 초월하여 정신적으로 세계시민 사상을 가졌던 것이다. 그러나 당시 정치적인 여러 가지 사건을 프랑스 혁명에 이어 나폴레옹 전쟁과 연결시켜 종합해본다면, 계몽주의자, 고전주의자, 낭만주의자들이 요구하는 시민과 민족의 정치적 해방을 위한 진정한 자유는 다시 검토의 대상이 되었다. 그결과 '세계시민사상Weltbürgliches Denken'과 '민족국가사상 Nationalstaatliches Denken'이 대립하기 시작한 시기이기도 하다.

이러한 시기 헤르더는 자신의 대표작 『인류의 역사철학에 대한 이념』에서 한 단원을 설정하여 핀란드, 에스토니아, 라트비아, 리브 민족이 정복, 몰살, 추방, 착취당하는 노예적인 억압상태를 '인류사의 참혹한 상황' 이라고 비난하고 있다.[8] 또한 『1769년 나의 여행기』에서,

너 리브란트, 야만과 사치의 지역, 무지의 지역, 그리고 오만한 기호를 가진 자유와 노예의 지역, 너에게는 얼마나 해야 할 일이 많은가? 해야 할 일, 야만을 물리치고, 무지를 불식시키고, 문화와 자유를 퍼트리기 위해, 이 지역에서 제2의 츠빙글리, 캘빈과 루터가 되기 위해 내가 이런 사람이 될 수 있겠는가? 나는 이런 일을 위한 천부적 능력과 기회와 재능을 가지고 있는가? 그렇게 되기 위해서 나는 어떤 일을 해야만 할까? 무엇을 물리쳐야 하지? [9]

Liefland, du Provinz der Barbarei und des Luxus, der Unwißenheit, und eines angemaaßten Geschmacks, der Freiheit und der Sklaverei, wie viel wäre in dir thun? Zu thun, um die Barbarei zu zerstören, die Unwißenheit auszurotten, die Cultur und Freiheit auszubreiten, ein zweiter Zwinglius, Calvin und Luther dieser Provinz zu werden. Kann ich es werden? Habe ich dazu Anlage, Gelegenheit, Talente? Was muß ich thun, um es zu werden?

Was muß ich zerstören?

라고 질문을 스스로 제기하며, 이 역할을 자신의 소명으로 삼고자 한다. "리브란트의 천재가 되어야 한다. 리브란트를 산 채로 또한 죽은 채로 속속들이 알기 위해서, 모든 것을 실용적으로 사고하고 실용적으로 꾀하기 위하도록 나의 습관을 길러야지. 세계, 귀족들, 사람들을 설득하여 나의 편에 설 수 있도록 나의 능력을 키워야지……." 그리고 "몇몇 계획이라도 성공한다면, 리브란트가 자유와 학문의 터전은 물론 보금자리가 되지 않을까?"[10]라는 끊임없는 반문과 책임의식을 줄곧 당시 자신이 처한 상황에서 대비시키고 있다.

헤르더는 앞서 언급한 『1769년 나의 여행기』에서 "리브란트는 외국인에게 주어진 지방이다"라고 지적하고 있다. 그러나 그는 상업적인 부를 축적하기 위한 목적으로 리브란트를 이용하려는 것이 아니라, "외국인인 자신에게도 리브란트를 계몽시키기 위한 숭고한 목적이 주어졌음"을 밝히고 있다. 또한 그는 인간의 가장 위대한 작품은 한 민족의 문화를 완전하게 끌어올리는 일이라고 보았다. "여기서 한 정치가가 어떻게 하면 미성숙한 반야만적 민족의 힘을 성숙시켜 독창적인 민족으로 만들 수 있을까를 생각하는 것은 얼마나 위대한 정신의 작업인가"라는 주장으로 스스로 민중고취를 위한 사명의식을 강조하고 있다.

이러한 계기는 당시 러시아 제국의 지배에 시달리는 에스토니아와 라트비아 민중(농부)들이 처한 사회적으로 비참한 상황과 문화예술적인 생산성을 개인적으로 접한 데 있다. 이러한 헤르더의 믿음은 당시 상황에서 자신의 계획을 실현시키는 것 자체가 중요치 않을 수 있었다. 이유는, 칸트와 몽테스키외의 국가관이나 정체성 개념과 달리 그가 내세운 민족개념과 국가관이 "인간의 자연 상태는 사회 상태이다Der Naturstand des Menschen ist der Stand der Gesellschaft"라는 기본명제에서 출발했다는 점에서 이해할 수 있는 부분이기 때문이다. 다른 한편으로 헤르더의 사상은 독일이 새로운 방향으로 나아가는 데 중요한 이념을 제공했다는 점에서도 의의가 컸다. 그러나 그의 민족개념이나 국민의 독자성 강조는 어디까지나 인류의 보편적인 인간성을 전제한 것이다. 따라서 '민족'을 강조하는 그의 개체성과 특수성 사상을 국가지상주의로 연결시키는 것은 잘못이다.

5.3 독일발트문학

문제제기

20세기 말, 1991년에 이르러서야 극적으로 독립한 발트3국의 역사는 정치, 사회, 문학을 포함한 문화사적 측면에서 인접한 강대국들의 영향을 받으면서 진행되었다. 이는 우리나라의 역사에도 잘 나타나 있듯이, 세계사적으로 볼 때 굳이 예외적인 현상이라고 할 수 없다. 그러나 좀 더 구체적으로 살펴보면, 발트3국의 역사와 문화는 매우 특이한 양상을 띠고 있다. 인접국과 외세에 의해 강제된 영향에만 국한되지 않는다는 점이다. 즉 독일의 이주민들이 이곳에서 13세기 초부터 근 700년 동안이나 사회를 이끌어간 주도적 역할을 담당함으로써 근본적으로 그 성격을 달리한다. 이들이 모국의 삶의 양식에 근거하여 정착지에서 펼쳐온 지배문화는 이 지역의 역사와 문화적 환경을 결정짓게 하는 매우 중요한 요인이었기 때문이다.

이는 정신사적, 문화사적으로 보더라도 타민족이자 이주민 출신 발트인들이 새로운 정착지에서 토착민들에게 귀화하지 않았으며, 대신 자신들의 독자적 문화를 영위해갔음을 의미한다. 그러나 토착 발트인 입장에서는 자신들의 공동체가 언어를 포함해서 문화적 정체성을 갖지 못하고, 복수문화로 이루어졌음을 인정할 수밖에 없다. 동시에 발트인 사회가 숱한 역사적 변천과정을 겪으면서, 긴장과 갈등을 사회 내부적으로 안고 있었음을 시사해주는 부분이다.

이러한 현상은 발트국의 역사와 사회를 이해하는 데 필수적인 요인이며, 문학과 문학사를 고찰하는 데에서도 마찬가지이다. 발트 지역에 정착한 타민족 출신 발트인들에는 독일인, 러시아인, 스웨덴인, 핀란드인, 폴란드인 등이 속하지만, 그중에서도 특히 독일인들이 발트사회를 이끌어온 주도 세력이었다. 더구나 문화영역에서의 영향력은 역사적 변천에도 불구하고 20세기 초까지 이어졌다. 이 점이 '독일발트문학'의 이해에 대한 근거이다.

그러나 문제점은 남는다. 독일문학(사)에서 '독일발트문학을 별도로 취급할 수 있느냐?'이다. 달리 독자적인 독일발트문학인가? 독일 지역문학인가? 아니면 발트문학의 일부인가? 그 어느 것에도 속하지 않지만 역사와 지리와 문화의 경계가 혼재하는 소수민족문학인가, 이중문학인가, 중복문학인가, 국경문학인가? 등은 명확한 규정의 문제를 넘어 일반론적 관점에서 다양한 방식으로 진단될 수 있는 영역이다.

더 구체적으로 보면, 독일문학과 독일발트문학 간의 관계를 어떻게 정립해야 하는가? 뿐만 아니라 독일발트문학의 발생과 전개, 영향관계, 발트3국 가운데 하나인 에스토니아문학에서의 독일발 트문학, 주요 작가와 그들의 작품을 통한 문화 및 문학적 위상에 어떻게 접근하고, 어떻게 진단하느냐? 등이 연구대상과 연구방법 의 문제이자 연구목적에 부합하는 주제에 속한다. 나아가 발트문 학이라는 큰 카테고리에서 라트비아와 리투아니아 문학 역시 그들 의 민족과 문화를 통한 '생존' '독립' '자유'라는 주제와 문학의 진정성에 접근하려면, 역사적 사회적 또는 자연발생론적 서술관점 을 우선해야 할 것이다. 따라서 여기에서는 개념규정에 이어 독일 발트문학의 발생과 전개를 다룸으로써 문학사적 측면에서 에스토 니아문학과의 연계성과 독자성을 밝히는 순서이다.

그러나 더 근본적인 문제제기는 '문학이란 무엇인가?'와 '문학 사란 무엇인가?'라는 정의이다. 즉 문예학적 정의로서 '문학'은 대상의 규정에서 검증가능한 근거와 설득력을 지녀야 한다. 이에 부응할 수 있는 것은 현재까지 유효한 '과학Wissenschaft' 뿐임을 바스너Rainer Bassner는 주장하고 있다. 나아가 과학으로서 문예 학의 과제는 문학이론을 바탕으로 문학작품의 해석과 이들의 역사 (문학사)라는 양자의 관계에서 현재성을 지녀야 한다는 관점이다.

문학과 문학사는 문학적인 전승에 대한 조망과 정리를 통한 재 해석의 가능성과 독특한 의미를 묻는 진행형의 과제이기도 하다. 독일문예학의 입장에서 보면, 문학과 관련해서 해석의 역사는 '문 학이론, 문학해석, 문학사와 간행문헌학'으로 분할된 것은 겨우 1

세기에 지나지 않는다. 여기서 문학사만을 놓고 볼 때, (1) 전기적 방법, (2) 텍스트적 방법, (3) 장르 및 주제별로 분류하는 방법, (4) 시대 및 세대 등 시기적 단위, (5) 정치적, 사회적, 학문적 콘텍스트를 아우르는 개별화된 콘텍스트 등의 범주에 따라 기술되어왔다. 따라서 본 연구는 포르만Jürgen Fohrmann의 (4)와 (5)에 근거하여 필요한 만큼 논거를 확보함으로써 논제에 접근하는 서술방식을 취하고자 한다.

대상과 범위, 정의

독일발트문학은 기존 문학사 기술의 범위와 대상에 있어서 예를 들어, '한국문학', '독일문학', '러시아문학'이란 개념과 다른 특수한 성격을 지니고 있다. 일반적으로 각 나라별 문학사는 그에 해당하는 언어, 문화 또는 국가나 민족 단위로 역사와 정신사를 관련시켜 문학적 진단과 의의를 기술하고 있다. 즉 '한국문학'의 경우 한국어로 된, 또는 한국인에 의해 쓰인 문학작품들이, '독일문학'의 경우 독일어로 쓰인, 또는 독일인에 의하여 창작된 문학작품들이 연구대상에 속한다. 이에 비하여 독일발트문학의 연구대상을 규정함에 있어서, '독일발트어deutschbaltisch'와 '독일발트지역'에서 국가나 민족이 단일성을 지닌 요인과 실체로 파악되는 것은 얽히고설킨 역사만큼이나 복잡하다.

때문에 생소한 개념규정에 있어 기본적인 전제라 할 수 있는 용어의 정의가 우선이다. 한국어 명칭으로는 '도이치발트문학', '독일발트문학', '독일발트어문학' 또는 '독일어발트문학' 등이 사용될 수 있다. 반면 발트국에서 자신들의 입장을 우선한 '발트독일어문학', '발트독일문학'으로 사용하는 경우도 고려할 점이지만, 최근 꾸준히 제기되어온 독일문학사의 새로운 서술대상이라 할 수 있는 독일어 사용 지역과 시기에 근거하는 것이 타당하다고 본다. 덧붙여 '외국독일어auslandsdeutsch', '외국독일인Auslands-deutsche', '루마니아독일어rumänien-deutsch' 등에서처럼 독일

이외 나라의 소수민족이나 독일어를 사용하는 집단, 사회 및 공동체에 대한 서술관점도 고려하였다.

리터Alexander Ritter는 이러한 문제에 대한 폭넓은 진단을 통해 독일문학과 문학사 기술에 있어서 범위, 대상, 지역과 시기 등 제 조건에 대한 경계를 해체할 것을 시인 쿤체Rainer Kunze의 말을 빌려 뒷받침하고 있다. "얼마나 많은 독일문학이 있는가?"라는 물음에 대한 답은 광범위한 독일문학(사)과 문예학이라는 일반론적 관점에서뿐만 아니라 현재 외국의 독일어 사용 지역과 시기, 작가, 독자, 문학성 등 현실적으로 해결해야 할 문제로 다루고 있다. 동서독, 오스트리아, 스위스, 헝가리는 물론 엘자스-로트링엔(프랑스), 포젠과 서프로이센(폴란드), 주데텐(체코), 지벤뷔르겐, 바나트, 부코비나(루마니아),[11] 북슐레지엔(덴마크), 오이펜-말메디(벨기에), 러시아, 이스라엘, 남/남서아프리카, 캐나다, 미국, 브라질, 아르헨티나, 칠레, 파라과이, 호주 등까지 그 범위와 대상을 넓혀 새로운 독일문학과 문학사 개념을 주창하고 있다.

이처럼 'deutsch', 'deutsch-' 또는 '-deutsch'라는 어휘는 민족과 언어, 문학 등 개인과 집단 또는 대상에 대해 적절하게 규정되는, 즉 다중적인 의미로 사용된다. 그리고 현재 한국에서는 일본과 달리 독일학 관련 학술적 용어는 '도이치'보다는 '독일'이 보편적으로 쓰이고 있다. 그러나 독일발트에서 'Balte(n)' 또는 'baltisch'라는 어휘 역시 지리, 역사, 문화 등과 밀접하게 관련되어 다양한 의미의 차이를 드러낼 수 있으므로, 본문에서는 '독일발트'라는 용어로 통일하고자 한다.

위와 같은 용어에 근거한 '독일발트문학deutschbaltische Literatur'은 독일과 발트국에서 널리 쓰이고 있음을 알 수 있다. 여기서 '독일발트'는 명사형 '독일계 발트인Deutschbalten'에서 파생된 것이다.

> 독일계 발트인들은 러시아 제국의 발트해 지역—오늘날 에스토니아와 라트비아에 속하는—에 살고 있는 독일인을 지칭하는 것으로 19세기에 생겨난 표현이다. 귀족, 학자, 성직자, 상인과 수공업자들로 구성된 그들은 13세기 독일기사단 점령 이후 신분상 법적 보호 아래 상류층을 형성하였다. [……] 1934년 에스토니아에 16,300명이, 1935년 라트비아에 62,000명이 그 가운데 38,000명 독일인이 리가에 살았다. 이후 1939년 10월 이주민 정책에 의하여 에스토니아로부터 15,000명, 라트비아로부터 55,000명이 독일제국의 영토로 이주함으로써 독일계 발트인들의 역사가 사실상 종말을 맞게 된다.[12]

> Deutschbalten, im 19. Jh. entstandene Bezeichnung für die deutschen Bewohner der Ostseeprovinzen des Russischen Reiches, der späteren Staaten Estland und Lettland. Sie bildeten seit der Herrschaft des Deutschen Ordens (13. Jh.) eine Oberschicht aus Adeligen, Gelehrten, Geistlichen,

Kaufleuten und Handwerkern unter einer ständischen Verfassung. [……] 1934 lebten in Estland noch 16300, 1935 in Lettland noch 62000 Deutschen, davon 38000 in Riga. Die Umsiedlung von 15000 Deutschen aus Estland und von 55000 Deutschen aus Lettland in das Gebeiet des Deutschen Reiches aufgrund der Umsielungsverträge vom Oktober 1939 bedeutete praktisch das Ende der deutschbaltischen Volksgruppe.

이는 다분히 지리, 정치 및 역사적 맥락에서 이해한 것을 전제하고 있다. 물론 독일계 발트인은 서유럽의 입장에서 보면, 동해 북동 연안지대—오늘날 국제법상 '발트해'로 표시—에 살고 있는 독일인을 지칭하지만, 그 역사는 결코 짧지 않다.

독일인들이 최초로 발트해 연안지대로 이주한 시기는 12세기 말 '독일기사단'까지 거슬러 올라간다. 독일기사단은 중세 독일문화의 독자적 발전에 직·간접적으로 많은 영향을 끼쳤다. 이후 역사적으로 숱한 우여곡절을 겪지만, 1941년 소련군이 발트국을 점령함으로써 약 700여 년에 걸친 독일발트인의 지배역사가 실질적으로 끝나게 된다. 이는 다른 한편으로 발트인들의 진정한 자유와 독립을 위한 고난의 역사가 그만큼 지속적으로 이루어져왔음을 보여주는 것이다.

이에 근거하여 '독일발트문학'이라는 개념을 '발트해 연안에

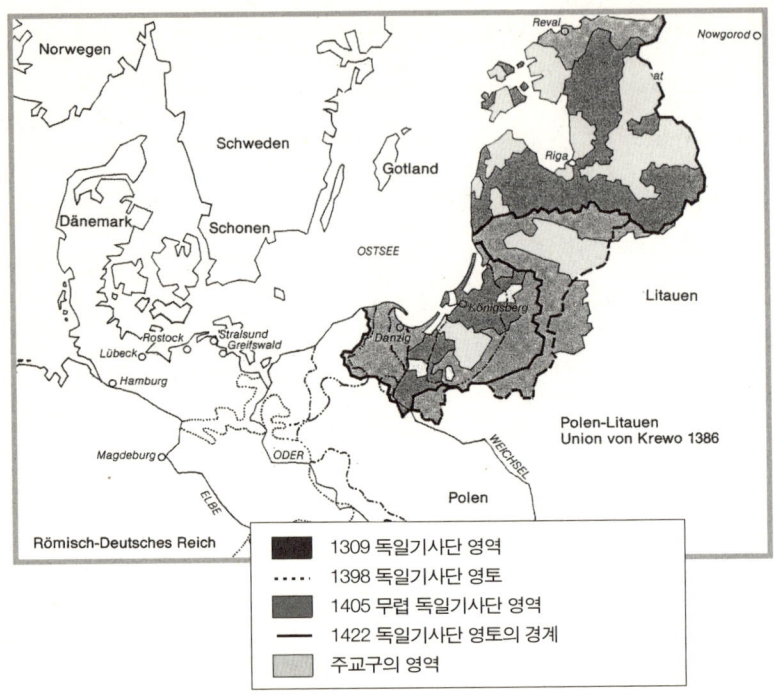

■ 1309 독일기사단 영역
.... 1398 독일기사단 영토
■ 1405 무렵 독일기사단 영역
— 1422 독일기사단 영토의 경계
☐ 주교구의 영역

14~15세기 독일기사단과 이주민지역

살았던 독일계 발트인들에 의해 쓰인 문학'으로 사용할 수 있을 것
이다. 그러나 소수그룹에 속했던 독일계 발트인들은 이 지역에서
주로 종교적 직업을 행사하며, 귀족 및 상류사회를 형성하며 살았
다. 동시에 주로 농업에 종사했던 다수 발트 지역 토착민들에게 문
화 및 언어 측면에서 지속적으로 영향을 끼쳤다는 사실에 유의하
고자 한다. 따라서 이 지역 자체가 오랫동안 독일어 문화권에 속했
던 점을 감안할 때, 독일계 발트인들이 쓴 문학뿐만 아니라 토착민

들의 독일어문학까지 포함하여 '독일발트문학'을 지역과 시기, 범위와 대상을 넓혀 포괄적 개념으로 통용하고자 한다.

독일문학사 기술방식에서도 기존의 문학사와 달리 글리어 Ingeborg Glier는 '산문, 종교적 드라마와 시' 등 장르 중심으로 기술하고 있다. 그 가운데 문학사 기술에 있어서 독일문학을 형성시켜온 지역성을 중시하고 있음이 특징적이다. 이는 독일기사단 연대기에서 드러나는 이웃 나라들, 즉 리투아니아, 폴란드와 러시아는 물론 프로이센 연대기와의 관계에서 기사문학, 민중문학과 독일어 사용 문학에 대한 당위론적 주장이다. 이러한 개념규정에 필수적으로 수반되는 '독일발트문학'과 '발트문학' 간의 연계성 확인은 역으로 "발트문학을 어떻게 정의할 것인가?"라는 질문에 대한 답을 구하는 데에서도 나타나기 때문이다.

독일발트문학의 발생과 전개

　　　　독일발트문학의 발생과 전개는 계몽주의와 질풍노도 운동으로부터 비롯된다. 특히 질풍노도기 사상적 흐름을 주도하는 철학자나 문인들의 활동은 동시대 사회와 문화에 결정적이었다고 할 수 있다. 따라서 질풍노도기의 독일발트문학인들에게 민족성과 역사의식 같은 새로운 세계관의 영향은 직접적이었으며, 자연스럽게 고대와 깊은 연관을 맺기도 한다. 고대를 독창적이고 풍요로운 시대로 평가하여 고대의 문화를 흠모한 것이다. 그러나 그리스와 고대문화도 독자적인 민족적 창작을 위한 모범으로서 한정된 가치를 부여하였을 뿐이다. 즉 상대적으로 자국문학을 비하하는 식의 수용이 아니라 독일 민족과 결부된 방식을 취했던 것이다.

　　또한 헤르더와 괴테 그리고 얼마 후 실러에 의해서 셰익스피어와 호머가 재발견되었으며, 자연에 접근하려는 예술적 표현으로서 민요와 고딕 건축 양식이 재발견된다. 다른 한편으로 "계몽주의는 독일인들의 정신생활에 지대한 영향을 미쳤으며, 또한 괴테로 대표되는 독일 이상주의 시대에 현출된 문화민족으로서 독일의 부활을 준비했다"는 텐브록의 독일사적 지적은 질풍노도기 정신운동과의 연계성으로 해석되는 부분이다. 이러한 문화민족으로 태동하게 된 당시의 정신적 흐름은 발트국에서도 중요한 문화 이데올로기로 적극 수용되는 계기를 마련해주었다. 즉 발트국에서 민족적 자의식의 발현은 문화주체로서 정체성과 독자성을 가지는 것을 전제했기 때문이다.

　이처럼 18세기 초까지 발트 지역에서 이루어진 문학은 독일문학의 한 부류였으며, 독자적인 자의식도 갖지 않았다. 독일적인 정체성을 가지고 있었을 뿐 발트 지역의 정체성을 갖지 못했다. 이곳의 문학가는 모국만 바라다보았을 뿐이었다. 독일에서 주의를 끌수 있는 만큼 독일적 정신생활에 참여할 따름이었다. 이후 18세기가 흐르는 동안 독일발트문화는 이런 예속성으로부터 서서히 해방되기 시작하고, 독일문화보다는 발트문화라는 정체성에 대한 자의식이 생겨난다. 물론 발트 지역이 장기간에 걸쳐 스웨덴, 러시아의 정치적인 지배를 받게 되지만, 이러한 자의식은 모국인 독일로부터 분리된 데에 따른 결과와 고급교육기관인 대학이 토착지인 에스토니아의 도르파트(타르투)에 설립된 결과의 산물이기도 했다.

　이후 발트 지역이라는 정체감은 다양한 문학 활동에서 표명되었다. 문학잡지, 명작선집, 발트문학사, 문학비평과 같은 독자적 문학 영역이 확보되었을 뿐만 아니라, 독자성과 고유성을 지닌 ‘발트’에 관한 문제제기에까지 이른다. 1859년 가을에는 문예비평지〈발트월간지Baltische Monatsschrift〉의 창간호가 리가에서 출판되어 20세기 초반기까지 문학사, 문학비평 분야에서 아주 중요한 포럼 역할을 담당했다. 물론 교양독일어를 사용하는 문화적 활동이었다. 대표적으로 〈발트월간지〉에 실린 1880년대 발트 지역의 소설문학에 대한 반성은 아래와 같다.

우리 문학에서처럼, 똑같이 제한된 분량을 가진 어떤 풍경도 지난 몇 년 동안 그렇게 자주 자신을 돌이켜보지 않았고, 자신의 존재를 그렇게 쉬지 않고 비평하지도 않았으며, 자신을 객관적으로 바라보기 위해 그렇게 많은 노력을 경주하지도 않았다.[13]

Kaum eine andere Landschaft von gleich beschränktem Umfang hat während der letzten Jahre so häufig in den Spiegel gesehen, ihr eigenes Wesen so unaufhörlich kritisiert, auf die eigene Objektivierung so viele Mühe verwendet, wie die unsrige.

〈발트월간지〉는 1859~1913년 동안 리가에서 발간된 문예잡지였지만, 격동기 속에서 우여곡절을 겪는다. 1912~1915년 동안 발간된 〈러시아의 독일어 월간지Deutsche Monatsschrift für Rußland〉를 1914~1915년 동안 같은 이름인 〈발트월간지〉에 통합하지만, 국제정세로 인해 잡지 발간은 중단되었다. 이후 다시 1927~1931년 동안 복간되었으며, 1932~1939년 동안 〈발트월간Baltische Monatshefte〉이라는 이름으로 활동을 이어갔다. 당시 주요 활동가로는 코이헬Gustav Keuchel(1832~1910), 도이버너August Deubner(??), 비네만Friedrich Gustav Bienemann(1838~1903), 봐이스Karl Franz Robert Weiss(1863~1944), 에거스Alexander

Heinrich Eggers(1864~1937), 불피우스Woldemar Eduard Paul Wulffius(1871~1938), 베르크홀츠Georg Berkholz(1817~1886), 홀란더Heinrich Eduard Gustav von Hollander(1820~1897), 카알베르크Nikolai Carlberg(1858~1921), 티데뵐Arnold von Tideböhl (1860~1919), 비트람Reinhard Wittram(1902~1973), 베티허Karl Johann Theodor Bötticher(1819~1901), 팔틴Alexander Faltin (1819~1899) 등이다.

거의 같은 시기에 〈레발신문Revalsche Zeitung〉[14]은 1860 ~1914년 동안 일상적인 소식지나 신문 형식으로 고향과 고향의 발전 소식을 다루었다. 이후 단절되나 1930~1940년 동안 다시 복간되었다. 이전과 달리 독일정신이나 발트의 경제소식, 그리고 발트 언어 속의 일상적인 삶 등이 실렸다. 이처럼 지속적으로 다중언어로서 문화적 공유를 꾀하는 노력은 계속되었다. 1917~1920년과 1925~1934년 동안 도르파트(타르투)에서 발간된 〈도르파트일간지Dorpater Tageblatt〉[15]와 같은 토착신문들이 생겨났을 정도로 활발한 활동이 있었다. 이 시기를 전후하여 '발트'라는 지역, 고향과 역사를 다루는 작가와 작품들이 독일발트문학의 주류를 형성하였다.

이 가운데 1894년 에밀Jeannot Emil(1865~1920)이 발간한 최초의 『발트문학서Das baltische Dichterbuch』는 러시아 지배에 속했던 발트 지역의 문학에 관해 종합적으로 기술한 것으로 의의가 컸다. 마침내 이러한 관심과 새로운 인식으로 인해 19세기로 접어드

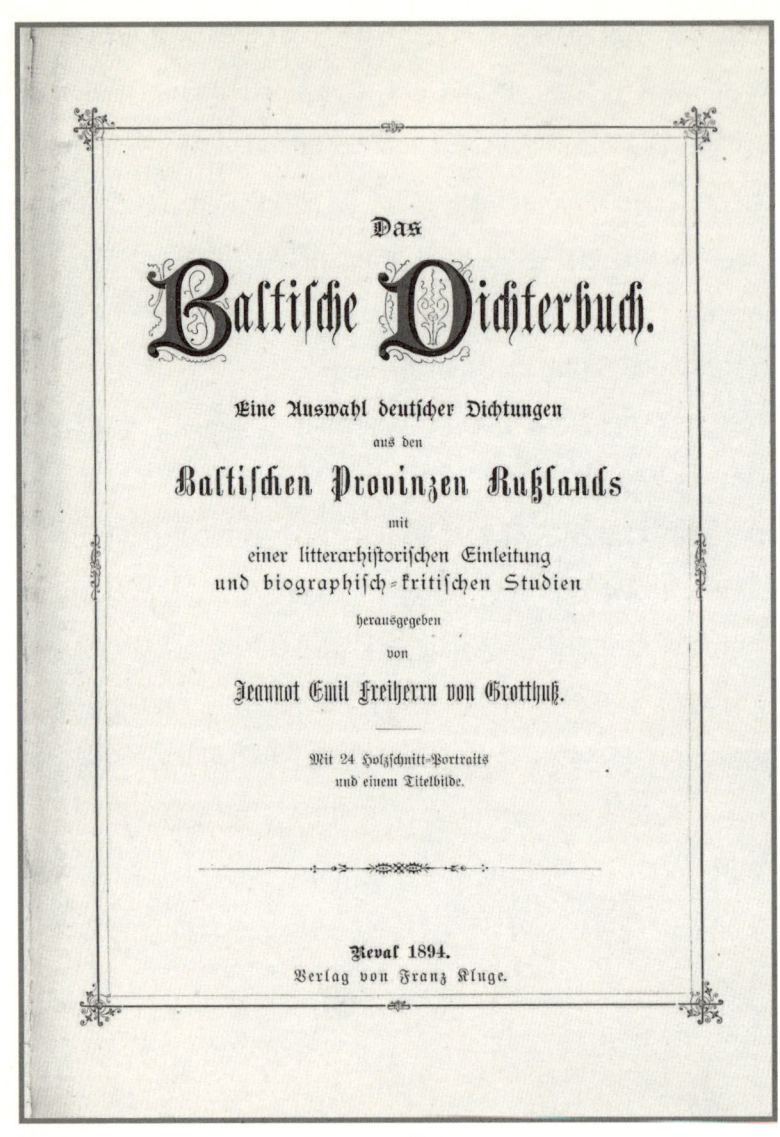

Das

Baltische Dichterbuch.

Eine Auswahl deutscher Dichtungen

aus den

Baltischen Provinzen Rußlands

mit

einer litterarhistorischen Einleitung
und biographisch=kritischen Studien

herausgegeben

von

Jeannot Emil Freiherrn von Grotthuß.

Mit 24 Holzschnitt=Portraits
und einem Titelbilde.

Reval 1894.
Verlag von Franz Kluge.

에밀의 『발트문학서Das baltische Dichterbuch』 속표지

는 동안 독일발트문화의 영향 속에서도 에스토니아의 민족문화에 관한 자의식이 문학적 토양으로 자리 잡았다고 할 수 있다. 1880년 대에 들어서면서부터 발트문학은 단호하게 발트의 역사를 다루게 된다.

그러나 이보다 앞서 1861년에는 **콘라디**Johanna Conradi(1814~1892)의 『고향 발트의 삶의 모습들Lebensbilder aus der baltischen Heimat』이 나온다. 콘라디는 장편소설 『게오르크 슈타인 혹은 독일인과 라트비아인Georg Stein oder Deutsche und Letten』(1864)에서 라트비아의 사회적 관계들을 테마로 다루었는데, 이런 현상은 발트문학에서 매우 새로운 주제였다. 그리고 대표적인 작품 『선원의 죽음Des Seemann's Ende』(1849)을 발간한 **레빈더**Ludwig Nicolai von Rehbinder(1823~1876)도 고향을 배경으로 한 이야기를 쓰기 시작했다. 그러나 여전히 대다수 작가들은 지역어나 토속어 대신 고지독일어로 작품을 썼다.

이것은 한편으로 19세기 후반 독일문학에서 역사소설이 전반적으로 성공하게 된 것과 관련이 있지만, 다른 한편으로 정체성을 찾으려는 노력이 점점 더 확대되면서, 자신의 발트역사에 대한 관심이 커지게 된 결과이기도 했다. **라우베**Heinrich Laube(1806~1884)의 『반도미레Bandomire』, 쿠르란트 야콥스 공작 시기 발트를 소재로 한 소설 **도른**Ernst Dorn(1848~1916)의 『스웨덴 어린이Ein Schwedenkind』(1879) 등이 여기에 해당하는 작품들이다. 특히 유명한 소설은 **판테니우스**Theodor Hermann Pantenius(1843~1915)

의 『켈레가의 사람들Die von Kelles』(1885)로 리브란트 역사의 소용돌이 속에서 일어난 독일 사람들의 숙명을 주제로 삼고 있다.

덧붙인다면, 독일에서 1890년대 꽃을 피운 '향토예술운동 Heimatkunst-Bewegung'은 발트문학에서 10년 먼저 일어났으며, 문학 영역에서 주도적인 입장을 취하였다. 이는 독일발트문학이 종말을 가져올 때까지 지속되었다. 이러한 '향토예술운동' 장르에서 가장 성공적인 작가는 판테니우스였다. '향토예술운동'의 표현 가운데 한 형태는 농부들에 관한 서사시였다. 성이나 목사관 저택 창문에서 내다보면서 서술하는 형식을 취했다.

이 가운데 유명한 작품은 **카이저링**Elise von Keyserling(1842 ~1915)이 클링에Ernst Klinge라는 가명으로 출판한 『쿠르란트의 민중야담Kurische Volksgeschichten』(1883)과 판테니우스의 농부 소설이다. 이 장르는 20세기에도 독일발트 작가들에게 즐겨 쓰여, 1925년 **만토이펠**Peter Zoege von Manteuffel(1866~1914)의 작품들, 즉 북쪽 지방 이야기인 『에스토니아 농민문학Das estnische Bauernbuch』, 에스토니아 지역의 이야기들 다룬 『파도Die Brandung』(1925), 에스토니아의 시골마을을 다룬 『구두쇠의 딸 Die Tochter des Geizhalses』(1927) 등이 있다.

독일발트 지역의 작가들이 역사소설을 즐겨 쓴 점에 비추어 볼때, 에스토니아문학이 자신들이 가고자 하는 길을 이 장르에서 찾고자 하지만, 입장은 정반대이다. 그들의 작품에는 이상화와 이데올로기화하는 점이 주목을 끌었기 때문이다. 서로 다른 입장과 투

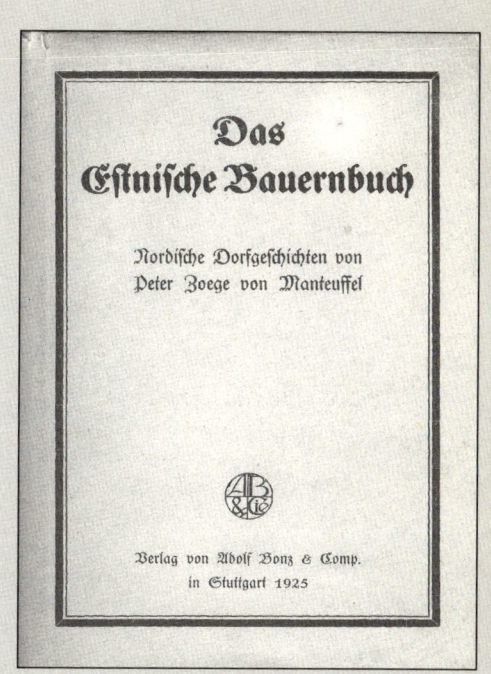

클링에의 『쿠르란트의 민중야담Kurische Volksgeschichten』과
만토이펠의 『에스토니아 농민문학Das estnische Bauernbuch』 표지

쟁은 메타문학 영역에서 더 두드러지게 펼쳐졌다. 이 시대를 가장 잘 대변해주었던 잡지인 〈발트월간지〉는 경제적, 정치적, 역사적 혹은 시사적 테마뿐만 아니라 문학이론과 문학사적 글들 및 문학비평들을 게재함으로써 미학적, 사상적 색채를 중재하는 역할을 담당하였다. 당시 문학이론이나 미학문제, 역사의식, 발트의 정신과 후기 르네상스 시기 영국의 드라마 등을 다룬 이론가들로는 타르투 대학의 교수 마싱Woldemar Masing, 글라제납Gregor von Glasenapp, 에크하르트Eduard Eckhardt, 페졸트Theodor Pezold 등이 있다. 근대문학은 슈뢰더Leopold von Schroeder가 가르쳤는데, 슈뢰더는 타르투 태생으로 고문헌학, 인도학, 종교역사가로 서방유럽에 널리 이름을 떨쳐 1899년부터 빈 대학에서 강의했다.

독일발트문학의 중재

18세기 중엽 그동안 가꾸어지지 않았던 연극영역에서도 결실을 가져왔다. **릴리엔펠트**가 집필한 발트 최초의 희곡 『신년 소망Der Neujahrs-Wunsch』이 에스토니아에서 창작되었다. 5막으로 된 이 작품은 1758년 오버팔렌에서 인쇄되었으며, 1764년에는 같은 곳에서 렌츠도 첫 드라마 『괴짜 신랑Der verwunderte Bräutigam』(1758)을 공연했다. 당시 리브란트에서는 연극이 장려되었다. 1768년 리가에 독일극장이 세워지면서 레씽, 겔러트Ch. F. Gellert, 이프란트A. W. Iffland, 실러와 괴테 등의 작품이 공연되는 등 독일발트 지역에서 독일문학의 영향은 지배적이었다. 다른 한편으로 **그라베**Karl Ludwig Grave(1784~1840)와 코체부의 대중적인 연극공연도 독일발트문학사에서 중요한 의미를 지닌다.

앞서 '계몽주의와 질풍노도 시기의 민족의식'에서 간략하게 언급했던 **코체부** 역시 독일발트문학에서 빼놓을 수 없는 중요한 인물이다. 독일 바이마르 출신인 그는 1781~1790년까지 러시아 페테르부르크와 에스토니아에서 높은 관직을 수행하며, 레발(탈린)에서 의욕적인 활동을 펼친다. 실제로 1784년 에스토니아 최초의 극장인 '연인극장Liebhabertheater'(1784~1785)을 맡아 처음으로 무대의 막이 올랐다. 그는 자신의 유모와 풍자적인 연극들을 공연하는 등 에스토니아어를 무대에 올린 공로를 남겼으며, 그의 작품 『아버지의 기대Der väterliche Erwartung』(1789)는 에스토니아어로 된 대화를 최초로 포함하고 있는 작품이다.

그후 나폴레옹이 독일을 점령하자 1806년 다시 페테르부르크에서 반(反) 나폴레옹 잡지 〈꿀벌Die Biene〉(1808~1810)과 〈귀뚜라미Die Grille〉(1811~1812)를 발행했다. 이후 코체부는 작가의 활동보다는 정치적 활동에 빠지기도 했다. 1813년에는 쾨니히스베르크에서 러시아 총영사, 1817년에는 황제의 개인 수행관이 됨으로써, 독일을 자주 여행할 수 있었다. 그러나 1818년 잡지 〈문학주간지 Literarischer Wochenblatt〉에서 그는 1815년 예나에서 조직된 '대학생 학우회Burschenschaft'의 이상적 사상을 조롱하는 필화사건으로 인해 만하임의 학생에 의해 살해되는 비참한 운명을 맞았다.

코체부는 감명은 깊지만 피상적인 희곡을 200편이나 넘게 썼다. 이 희곡들은 괴테시대의 상연스케줄을 거의 점령할 정도였다. 오늘날까지 그의 희곡 『두 개의 클링스베르크Die beiden Klingsberg』(1801)와 『독일 소도시인들Die deutschen Kleinstädter』(1803)은 인기를 얻었으며, 서사적 문체로 역사적이고 자서전적 집필을 한 작가로 평가받고 있다.

1800년 경 독일발트문학은 융성기를 맞는다. 리브란트 출신 낭만주의자 **뵐렌도르프**Casimir Ulrich Boelendorff(1775~1825)와 **슐리펜바하**Ulrich von Schlippenbach(1774~1826)는 쿠르란트의 폐허된 성을 대상으로 낭만적인 입김을 불어넣었다. 에스토니아 시인 **페테르손**Kristian Jaak Peterson(1801~1822)과 독일인 **리데니우스**Alexander Rydenius(1800~1823)의 숙명도 놀라울 만큼 같다. 두 사람 다 똑같은 시기에 도르파트(타르투) 대학에서 철학을 공부했으며, 페테르손은 리가 출신으로, 리데니우스는 레발 출신으로 도르파트에서 함께 문학 활동을 했다. 페테르손이 그리스 고대로부터 창작의 원천을 취하는데 반해, 리데니우스는 독일 낭만주의의 기조에 따라 창작활동을 수행했다.

이 시기의 또 다른 문학적 양상을 든다면, 독일발트문학도 독일문학과 마찬가지로 민족문학과 신화에 대한 높은 관심을 보였다는 점이다. 작가들은 민요와 역사를 번역하고, 민요와 역사적 모티브를 자신들의 창작에 사용하였다. 이와 같은 민족문학 외에도 독일발트문학의 낭만주의자들에게 영감을 준 것은 에스토니아 민족과 라트비아 민족의 과거사와 그들의 해방전쟁에 관련된 신화였다. 예를 들어, 슐리펜바하는 시집 『라트비아인의 환상Lettische Phantasien』에서 라트비아의 과거사를 예찬한다. 비더마이어적 존재양식을 띠는 낭만주의적 민속에 대한 열광 또한 독일발트문학을 특징짓는 요소이다.

당시 발트 작가들 대다수가 작품에서 지역 언어의 특성을 살리는 것을 포기하고 고지(표준)독일어를 사용했다. 이에 반하여—짐작컨대, 독일어 도서시장에 내놓기 위한 희망 때문이었을 것임—19세기 중엽부터는 에스토니아어와 독일어를 절반씩 사용하는, 즉 반은 독일어인 혼용어도 문학작품을 위한 수단으로 이용되었다. 이런 경우는 주로 희곡적이며, 저속한 문학 장르에 적합한 혼용어는 민족적으로 혼합된 특정한 계층을 비꼬기 위한 방편으로 볼 수 있다. 그러나 슐츠와 같은 작가들은 이러한 혼합어에 대해 비(非)숭고한 미래를 바라보기도 했다. 이는 부모세대의 언어실종과 자신들만이 갖고 있는 방언의 중요성에 대한 상반적인 염려와 기대를 말한다.

소위 반독일어Halbdeutsch가 한쪽에서, 고지독일어Hochdeutsch가 다른 쪽에서 사용되는 양극적 현상이 독일발트 지역의 언어사용을 특징지었다. 문학텍스트가 희곡적이고 저속할수록 언어는 그만큼 더 자유로웠으며, 사회적 주변 환경에 더욱 밀착되어 쓰인 것이다. 발트문학 텍스트에 나타난 다언어성은 지금까지 살펴본 바와 같이 언어의 사회적 기능과 관련되어 있다. 이 점은 전체 발트문학에도 해당된다. 발트국 작가들이 고지독일어로 사회비평적 테마를 주로 다루는 데 비하여, 이들이 에스토니아어를 사용한 텍스트는 도덕적 윤리적 성격이 두드러지게 나타났다. 이러한 성격을 통해 폐쇄적인 전래 가부장적 농촌사회를 중재하는 기능을 띠었다.

예컨대 **아르벨리우스**Friedrich Gustav Arvelius의 소설 『Üks Kaunis Jutto-ja Öppetusse-Ramat』(1782), **루체**Johann Wilhelm Luce의 『Sarema Jutto ramat』(1807-9), **홀츠**Otto Reinhold von Holtz의 『Luggemissed Eestimaa Tallorahwa Moistusse ja Süddame Juhhatamisseks』(1817), **만토이펠**Peter August Friedrich von Mannteuffel의 『Aiawite peergo walgussel』(1838) 등이 있다.

독일발트문학의 정체성

〈발트월간지〉에서 문학비평의 특징은 독일 고전주의적 이상주의에 정신적으로 깊은 뿌리를 내리고 있다는 점이다. 괴테, 실러 시대의 정신적 이상을 고수하면서, 이와 위배되는 모든 것에 회의적인 태도를 지녔다. 독일발트문학의 정체성 문제는 아마도 이처럼 독일 정신사상의 핵심으로부터 절대 떠나지 않으려는 강한 충동을 통해 표출되었는지도 모른다. 당시 독일발트문학의 유명한 "옛것을 그대로Es bleibe beim Alten"라는 구호로 자신들의 정체성을 위협하는 그 어떤 영향도 허락하지 않고자 했으며, 확고한 토대를 흔드는 그 어떤 문화적 영향도 배척하고자 하는 강한 소망을 나타냈다.

그러나 이런 소망은 문학적 전통을 부정하는 경향으로 발전된다. 모국인 독일에서 비롯되든 인접국들인 스칸디나비아, 러시아로부터 비롯되든 상관하지 않고 무조건적으로 그 영향을 거부코자 했다. 서쪽으로부터 들어오는 정신사적 흐름과 교류가 부족하고 단절된 현상을 한탄하는 목소리는 매우 드물게 있었을 뿐이다.

이처럼 발트정신사는 13세기 이후 지속적으로 독일의 문화와 밀접한 연관을 갖고 진행되었지만, 19세기까지 독일문화사의 일부분이자 동시에 발트문화사의 일부분이기도 했다. 여기에 독일발트문화가 중재적인 역할을 담당했다. 독일발트문화는, 독일의 입장에서 보면, 지방문화 또는 변방문화를 뜻했다. 이는 독일문화에 예속되지만 모국문화와 구별되는 주위의 외국문화, 예를 들어 러시아, 에스토니아, 라트비아 문화와의 관계에서 정체성이 규정되어야 함을 뜻한다. 이러한 점이 수세기에 걸쳐 발트문화의 특징으로 각인되었다. 이에 반하여 독일발트문화는 발트국 입장에서 보면, 식민주의 사상—모국문화에 대한 정향성, 문화주도자 정신과 토착민의 미개적 국민성을 보호해야 한다거나, 기독교적 복음주의 의식, 주거영역 등—이 깃들어 있는 식민문화의 성격을 띤다. 그러나 토착발트문화와 독일발트문화라는 양 문화는 근원을 달리하는 '향토개념', 즉 '향토문학Heimatliteratur'을 필요로 했다. 사상적 근원이 앞서 언급한 질풍노도기에 형성된 민족개념과 역사정신에 대한 실천적 행위에서 비롯된 것이기 때문이다.

발트정신사 가운데 이와 같은 이중적 소속성은 발트의 역사서술에서 서로 상반되는 두 개의 패러다임이 존재하는 결과를 가져왔다. 즉 발트 패러다임과 독일발트 패러다임의 존재이다. 이러한 현상은 문학사 기술에서도 그대로 해당된다. 발트문학사 기술에서는 독일발트 작가들의 작품 중 발트어로 된 텍스트를 우선 고려하였다. 독일발트의 문화적 맥락을 고려하지 않고 발트문학의 발전과정을 다루게 될 경우, 불충분하다는 의견을 갖는 경우는 매우 드물었다. 양 패러다임과 병행하여 또는 상호 비교하는 연구들은 운두스크Jaan Undusk(1958~), 베베르만Otto A. Webermann(1915~1971), 칼다Maie Kalda(1929~), 빈켈Aarne Vinkel(1918~2006) 등 학자들에 의해 이루어졌다.

이들 가운데 베베르만의 관련 연구를 살펴보면, 「17~18세기 문학에서 발트의 여류작가들Baltische Dichterinnen」(1960), 「에스토니아문학Die estnische Literatur」(1964), 「연구과제로서 발트 지역의 문제Probleme des baltischen Raums als Forschungsaufgabe」(1964), 「18세기 에스토니아문학의 총체적인 문제에 관하여Zur Problematik der estnischen Literatur des 18. Jhs」(1965) 등이다. 그러나 발트문학을 광범위하게 비교하여 기술한 사람은 숄츠 Friedrich Scholz로서, 그의 단행본 『발트문학Die Literaturen des Baltikums』(1990)이 유일하다.

다른 한편으로 19세기 중반까지 발트의 문학이 두 개의 언어로 기술된다고 하더라도 이것이 두 개의 상이한 문학이 존재한다는 의미는 아니다. 즉 에스토니아 언어와 문자로 된 문학은 오히려 독일발트문학이 에스토니아어로 된 문학까지 '확장' 됨을 뜻했으며, 독일인이 쓴 경우가 많았고, 대부분 독일식 서술방식을 따랐다. 발트의 에스토니아어 텍스트와 독일어 텍스트는 말하자면 동질적인 것, 즉 원래 동일한 하나의 문학이지만 언어가 상이하고 유형이 다르며 또한 어떤 독자를 겨냥하느냐에 달려 있을 뿐이다. '언어–민족' 적인 원칙 대신 '지리–문화' 적인 원칙을 선택하여 두 언어로 된 문학이었다. 따라서 당시 러시아의 속국이었던 발트 지역의 문학적 삶을 하나의 통일된 단일 문학영역의 특성으로 다루어야 하는 필요성이 제기된다.

그러나 에스토니아 문예학의 입장에서 보면 서술대상과 범위는 물론 서술관점과 평가를 달리한다. 19세기 중반까지 문학 분야에서 나타나는 상반적인 입장이 지리·언어적 국경과 서로 일치하여 일어나지는 않았다. 국가적 소속보다 더 중요한 역할을 한 것은 공통적인 교육언어와 문화적 상징적 자본, 공통적인 정신상 습관 혹은 '내면화된 행위 및 사고양식verinnerlichter Handlungs- und Denkmuster'의 공통적 시스템이었다. 예를 들면, 에스토니아인 **펠만**Friedrich Robert Fählmann(1798~1850)에 의해 『에스토니아신화Estnische Mythen』는 1840년부터 근 10년에 걸쳐 독일어로 씌어졌다. 또한 이러한 시기에 에스토니아인 **크로이츠발트**Friedrich Reinhold Kreutzwald(1803~1882)의 민족 대서사시 『칼레비포에그 Kalevipoeg』(1857~1861)가 에스토니아어와 독일어로 병행하여 출판되었다.

크로이츠발트(1803~1882)

1852년부터 발트 주제에 관심을 가졌던 독일인 **슐츠** Georg Julius von Schultz (1808~1875)는 독일어와 에스토니아어 두 개의 언어로 서사시 『일마타르Ilmatar』 (1871)를 썼다. 사후에 박사 베르트람Dr. Bertram이라는 필명으로 탈린에서 발트독일어로 흥미롭게 쓴 『발트스

케치Baltische Skizzen』가 1904년에 출판되기도 했지만, 그는 『일마타르Ilmatar』 서사시로 『칼레비포에그』에 대응하고자 하였다. 또한 **노이스**Heinrich Neus(1795~1876)는 에스토니아 민요를 번역하여 신문 〈내국Das Inland〉(1836~1863)에 싣기도 했으며, 이 신문은 양쪽 출신 작가들 모두에게 공통적인 토론의 장이 되었다. 이처럼 발트독일인 문학가와 에스토니아인 문학가들은 공동으로 활동을 펼쳤으며, '에스토니아 학자협회'에 함께 참가하기도 했다.

그러나 '에스토니아 문화'라는 자의식이 성장하면서부터 상이한 입장 간의 차이는 점점 더 민족적 국가적 원칙에 의하여 규정되어갔다. 그 결과 19세기 말에 이르러서는 에스토니아의 입장과 독일의 입장이 상반적인 관계로 뚜렷이 대비되어 나타났다. 그리고 에스토니아문학은 차츰 이단적인 입장을 취하였고, 기존의 형태와 기존의 표본을 거부함으로써 자신의 정당성을 찾고자 하였다. 반면 독일발트문학은 전통적 상징적 질서를 옹호하였다. 이러한 투쟁은 세기말 발트 지역에서 문화적 주도권 다툼이라는 양상을 띠게 되었다. 그 결과 독일의 입장은 더욱 국부적인 위치로 밀려나게 되었고, 에스토니아와 라트비아의 입장이라 할 수 있는 발트 지역의 입장이 마침내 문학영역을 주도하게 되었다.

따라서 발트국의 역사와 정신사에 근거하여 문학영역에서는 19세기 말 어떤 입장이 주도적 질서였으며, 이 질서에 대해 새로운 입장이 어떻게 반대논리를 펼치면서 등장했는지를 살펴볼 필요가 있다. 왜냐하면 발트 지역에서 보는 독일발트문학에 대한 진단 역시 다층적으로 이루어져야 하기 때문이다. 그러나 앞서 언급했듯이 선결조건은 에스토니아, 라트비아, 리투아니아 등 발트문학의 발생시기와 내용을 어떻게 보느냐에 달려 있다고 본다.

5.4 에스토니아문학의 근대성

에스토니아문학의 출발점

발트국의 역사, 정신사, 문학사—독일발트문학을 포함해서—에서 볼 때, 독자적인 국가단위의 문학으로 규정되기보다는 '에스토니아발트문학' 또는 발트문학의 큰 범주에서 보는 '발트에스토니아문학'이 더 적합한 개념일 수 있다. 그러나 오늘날 엄연한 독립국가로 거듭났으므로 본 글에서는 '에스토니아문학'으로 통칭하고자 한다.

비교문학이든 이중 또는 중복문학이든 유의해야 할 점이 있다. 문학의 역사도 인류의 역사처럼 살아 움직이는 실체로, 문학사 기술의 기준과 평가는 항상 미완성의 여지를 남기고 있기 때문이다. 문화는 지역적 공간과 밀접한 관련이 있다. 국가뿐만 아니라 국토 역시 문화적 기억력을 담당하고 있음을 역사학자나 고고학자들은 확증해준다. 에스토니아 문예학자들이 '에스토니아문학은 본래 어디서 시작하는가?' 라는 질문에 답하고자 할 때, 그들은 필연적으로 국토의 문화적 기억력에 대한 질문을 가장 먼저 제기할 수밖에 없다.

- 에스토니아 지역에서 출처한 최초의 문헌으로 보아야 할까?
- 에스토니아인에 의해 쓰인 텍스트로 보아야 할까?
- 에스토니아어로 쓰인 최초의 텍스트로 볼 것인가?

첫 번째 물음에 대한 답은 13세기 초 **레티스**Henricus de Lettis에 의해 라틴어로 쓰인 연대기다. 독일어식 인명표기는 '레트란트 Heinrich von Lettland' (1187~1260)로, 그의 『리브란트의 연대기』는 라트비아와 에스토니아 지역에서 어떻게 기독교가 전파되었으며, 어떻게 독일인들의 지배가 굴절되었는가에 관한 충실한 보고 형식을 취하고 있다. 수기로 쓰인 이 텍스트는 이후 팝스트Eduard Pabst에 의해 쉽게 이해될 수 있도록 번역된다. 두 번째는 에스토니아어 지역명이 들어 있는 **다니에**Census Daniae(1219~1244)의 책이, 세 번째는 에스토니아어를 사용하는 에스토니아인들을 위해 쓰인 실용문이 답이 될 수 있다.

광의의 의미가 아닌 협의의 문학에 국한시켜보더라도 여전히 기준을 정하는 데 문제가 있다. 이러한 경우 에스토니아문학은 독일인 **브로크만**이 1637년에 에스토니아어로 쓴 『카르멘 알렉산드리눔Carmen Alexandrinum』으로 시작될 수 있을까? 이 작품은 '6각 단장격의 시'로 라틴어, 그리스어, 독일어로도 쓰인 '결혼식 노래'를 일컫는다. 아니면 최초로 에스토니아인 **한스**Käsu Hans(??)가 쓴 시 「비가Klagelied」(1708)가 될 수 있을까? 한스의 정확한 출생년도와 활동 시기는 확인되지 않는다. 다만 그는 북방전쟁 중 푸흐야Puhja에서 교회의 일을, 그리고 1700년부터는 학교장을 맡았다는 사실과 "오! 나의 초라한 타르투 전선이여Oh! Ma vaene Tardo Liin……"로 시작하는 「비가」로 인해 에스토니아 출신 최초의 문학가 가운데 한 사람으로 인정받는다. 시의 주제는 북방전쟁 중 도르파트(타르투) 도시가 겪는 고통의 역사를 다루고 있다.

그러나 『카르멘 알렉산드리눔』으로 시작할 경우, 같은 저자 브로크만이 에스토니아어를 독일어로 옮겨 쓴 찬송가 「에스토니아 기도서Lectori Carminis Esthonici」인가, 혹은 **슈탈**Heinrich Stahl(1600~1657)의 에스토니아어로 된 설교집 『평신자 거울Leyen Spiegel』(1641)을 칭송하기 위해 브로크만이 라틴어로 만든 시인가, 라는 문제로까지 확대된다. 결국 글쓴이의 민족, 언어에 따른 에스토니아문학의 출발점은 여전히 미확정적일 수밖에 없다. 이는 상호텍스트적 소통과 공유의 역사를 통해서, 그리고 전개과정을 통해서 자연스러운 해결을 기대할 수 있을 것이다.

그럼에도 불구하고 여전히 '에스토니아문학의 시작을 어떻게 볼 것인가? 라는 문제제기는 불가피하게 발트 지역의 문화가 갖는 역사적 다언어성 문제와 다언어성 속에서 얽혀 있는 사상적 입장들에 대한 문제에 봉착하게 된다. 동시에 에스토니아문학이 발생한 다국적 문화에 대한 환경을 고려할 수밖에 없다. 그렇게 함으로써 '에스토니아문학이 왜 생겨나게 되었는지' 알 수 있으며, 어떻게 해서 브로크만이 '에스토니아어로 된 시를 쓰게 되었는지' 짐작할 수 있다.

지금까지 에스토니아문학사는 이런 맥락에 대하여 별로 고려하지 않았다. 하나의 언어민족이라는 원칙만을 고집하여 점진적으로 향상되고 에스토니아어로 쓰인 텍스트만을 연대순으로 기록하거나 인위적인 내용을 기술했다. 때문에 허공에 뜬 것처럼 부랑하며, 문학사가 지니는 문화적 배경과 지역성은 자연스럽게 도외시되었다. 에스토니아어로 된 옛 문헌을 연구함에 있어서 비교문학적 방법에 대한 필수성은 1920년대 에스토니아 문예학자 수이츠Gustav Suits(1883~1956)가 이를 연구과제로 인식하여 다음과 같이 표현하였다.

'발트문학'의 문제는 동해(발트해) 연안의 지역적 환경을 전적으로 고려하여 전개하려는 시도라야 바람직하다. 지역적 환경이 원주민의 숙명과 동해연안 독일 이주민들의 운명을 이끌어왔기 때문이다. [……] 민족의 다수와 발트국 소수민들 간에 이루어진 사상과 내용의 긴밀한 교류야말로 상호접근의 의미에서 가능했으며, 언어와 사고방식 간의 단절에는 가교가 놓일 수 있다. 특히 문학 분야에서 가교가 놓인다. 발트문학사는 광의의 뜻에서 연구자가 시야를 넓혀 이곳 민족들 간 문학적 교류와 상호적 반작용을 포함시킬 때에만 기술될 수

있을 것이다.[16)]

Willkommen wäre der Versuch, das Problem der 'baltischen Literatur' in vollem Umfang jenes geographischen Raumes zu entfalten, von dem das Schicksal der Urvölker und der Siedlungsdeutschen der Ostseeländer getragen worden ist. [……] Ein enger Austausch der Inhalte und Ideen zwischen der nationalen Mehrheit und den Minderheitskräften der baltischen Länder wäre im Sinne gegenseitiger Annäherung doch möglich, die Trennungslinien der Sprachen und Gesinnungen wären überbrückbar, besonders auf dem literarischen Gebiet. Baltische Literaturgeschichte in einem weiteren Sinne des Wortes wäre erst dann bearbeitet, wenn der Horizont des Betrachters die literarischen Berührungen und Gegenwirkungen der hiesigen Völker umfassen würde.

그러나 수이츠의 이러한 요청은 아무런 반향을 불러일으키지 못하였다. 토착민과 소수민족들 간 긴장과 갈등으로 이어졌던 공통의 과거가 이러한 관계를 객관적이고 중립적인 입장에서 바라보는 것을 막았다. 에스토니아 문학사에서 독일발트문학을 문화 이데올로기 때문에 제외시켰기 때문이다. 독일발트문학이 에스토니아문학을 발전시키는 데 기여한 역할은 물론 독자적 문학으로서 독일발트문학도 올바르게 평가하지 못하였다. 독일발트문학이 언급된다면, 그것은 항상 부정적인 색채를 띠었다. 예컨대 자신들이 외국의 교양, 또한 독일적 교양으로부터 어떤 이득을 보고자 한다면, 발트적 감각을 빼앗겨버리기 때문이라는 이유일 것이다.특히 이런 점에 있어서는 철저하게 에스토니아어로만 글을 썼던 **루이가** Juhan Luiga(1873~1927)가 대표적인 인물이다.

독일발트문학사와 지역사에서 볼 때, 독일발트문학이 국부적 현상인 하위 영역으로 비추어지는 연구로서는 운게른-슈테른베르크Armin von Ungern-Sternberg(1970~)의 저서 『발트의 문학적 공간Erzählregionen』(2003)을 들 수 있다. 이는 발트 지역에서의 독일문학, 발트 지역 그리고 독일문학을 바라보는 시각으로 독일발트문학에 대한 가장 광범위하고 포괄적인 고찰이지만, 어디까지나 독일문학자로서 독일발트문학을 독일의 지역문학으로 다루었다. 여기서 그는 독일발트문학의 서술 매카니즘을 동프로이센, 독일과 오스트리아문학의 서술 매카니즘과 비교하기도 한다. 그러나 문학의 공간에 관한 기술인 경우 다른 비교가 더 의미가 있다. 즉 '지역성'에 근거한 그의 논지처럼 같은 공간에 자리 잡고 있는 문학들을 상호 비교하는 방법이 더 바람직하다고 본다.

옛 소비에트연방공화국 시기에는 독일발트문화는 물론 에스토니아문화마저 유럽으로 접근을 꾀할 수 없도록 모든 것들이 금기되었다. 소비에트연방이 무너지는 20세기 말 전환기에 이르러서야 비로소 발트3국의 문화유산에 대한 검증이 이데올로기에서 벗어나 자유롭게 이루어질 수 있었다. 그 가운데 독일발트문화는 역사적 적대관계에서 유럽과 정신적 통합을 위한 중재역할로서 기능전환이 어렵지 않게 이루어질 수 있었다. 이때 특히 운두스크의 연구[17]가 이러한 목적에 부합했다. 운두스크는 수이츠의 요청에 개념적으로 응답한 것이다. 운두스크의 주도 아래 오늘날 '에스토니아 학술원Eesti Teaduste Akademie' 의 문학 분과에서 실시하는 '에스토니아 정체성 서술' 이란 일련의 연구테마 가운데 독일발트문화 또한 에스토니아 정체성의 원천으로서 고려되고 있다. 즉 역사적 정체성을 형성하는 데 지정학적 문화적 관점이 종래의 '언어-민족' 적 관점보다 우선시되고 있다. 독일발트문학은 독일문학의 국부적 하위영역으로서가 아니라 발트의 다른 문학들과의 관계 속에서 관찰되고 있는 것이다.

이처럼 앞선 논의를 통해서 볼 때, 결론적으로 에스토니아문학은 독일발트문학 영역 내에서 발생했음을 알 수 있다. 그러나 이러한 영역의 전수된 구조를 무너뜨리고, 여태까지 예속적인 상황에 놓여 있었던 에스토니아문학을 구심점으로 끌어들이기 위해서 에스토니아문학은 독일발트문학에 대항하는 이단자적 입장을 취해야만 했던 것이다. 그렇게 함으로써 정통성을 차지하는 독일발트문학을 국부로 몰아내고, 주도적 입장을 취한 독일발트문학적 입장을 거부함으로써 자신들의 정당성을 주장해야만 했다. "……역사와 전통에 대한 의무적 부담을 과감히 떨쳐내야 했다……sich gegen die verpflichtende Bürde von Geschichte und Tradition aufzulehnen" [18])는 안누스Epp Annus(1969)의 주장은 이를 뒷받침하고 있다. 자연스럽게 모더니즘이 에스토니아문학에 차용되었다. 이를 통해 독일발트문학의 전통이라는 짐으로부터 벗어날 수 있었다고 믿은 것이다.

'젊은 에스토니아Noor-Eesti' 문학혁명운동

그러나 실질적인 에스토니아문학의 출발이라 할 수 있는 문학적 운동은 그 문화사적 배경에 대한 이해를 전제할 수밖에 없다. 이들의 역사와 국토에서 계절의 변화, 가족문화, 사랑, 신화 등을 소재로 한 구전(口傳), 노래, 시, 찬가들은 외세가 에스토니아를 유린하기 전부터 풍부하게 자신들만의 독특한 문화를 일구는 주요한 역할을 했다. 토속적인 민속 문화가 외세의 지배와 탄압에도 불구하고 존속되는 데는 그만한 바탕을 갖고 있다. 에스토니아문학에서 가장 오래된 노래는 북유럽의 '룬Runen' 형식을 취하고 있다. 이를 좀 더 자세하게 살펴보면, 2세기부터 스칸디나비아 중세까지 사용되었던 고대 게르만 금석문자를 말한다. 어원적으로는 고대독일어 'runa'에서 비롯하는 것으로 '신비', '비밀', '속삭임'을 뜻한다. 속삭이면서 퍼지는 비밀의 의미를 함축하고 있으며, 초기에는 마법적 상징의 도구였음을 암시하고 있다.

다른 알파벳과 룬의 기본적인 차이는, 각각의 룬이 의미와 상징을 가지고 있다는 것이다. 예를 들면, 가장 오래된 공통게르만 룬(5~6세기)은 24개의 표식으로, 그 가운데 최초 세 개의 룬 이름 'fehu, uruz, þurisaz'은 각각 '가축, 들소, 거인'을 뜻한다. 룬은 또한 종교의식적인 중요성을 가진다. 따라서 간단한 배열과 조합은 마술적인 이미지로 상징되었다. 첫 6개의 표식은 음가에 따라 '푸사크Futhark(제일 오래된 게르만 '룬'의 자모를 뜻함)' 룬으로

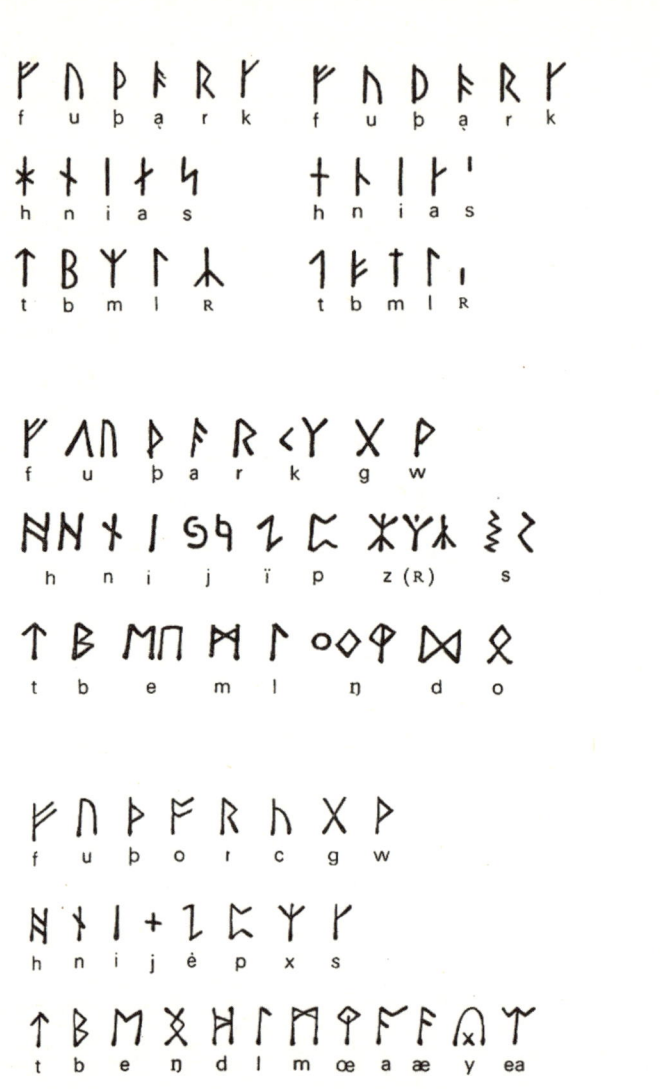

'푸사크Futhark(제일 오래된 게르만 '룬' 의 자모를 뜻함)' 룬

표시된 것이다. 이미 고대 북방시기(대략 200~750년)의 고대 푸사크, 덴마크, 스웨덴과 노르웨이 등 바이킹 시기(대략 800~1050년)의 푸사크와 스칸디나비아 중세(1050년부터) 때는 16개 자모로 축약된 푸사크로 발전되는 과정을 거친다.

이러한 시대적 변천 가운데서 에스토니아문학은 구전(口傳)과 신화(神話)로 이어지다가―16세기까지 에스토니아 언어로 쓰인 기록이 없음―1525년 최초로 루터교리문답서의 번역서가 나온 것이 첫 에스토니아어의 기록이지만, 19세기에 이르러서 비로소 '국민문학' 의 이름으로 출발한다. 그러나 실질적인 에스토니아문학의 출발점은 앞서 언급한 19세기 초 시인 **페테르손**K. J. Peterson (1801~1822)을 기준한다. 오늘날에도 여전히 칭송되는 민족서사시 『칼레비포에그Kalevipoeg』―'칼레브의 아들' 이라는 뜻―도 19세기 중반 크로이츠발트가 썼다.

린다는 울었네, 처량한 미망인
그리움에 사무쳐 비통한 눈물
비탄에 잠겨 뜨거운 눈물
신음했네, 비석 위 탄식하며
머물렀네 오랫동안, 괴로워 울면서.

Linda nuttis, vaene leski,
leinapölve pisaraida,

viletsuse silmavetta,

nuttis kaua kivi otsas,

kaljupakul kaevatessa.

19,000개의 시구로 이루어져 있으며, 8음절 멜로디에 근간하여 단계적으로 주제가 전개되는 형식을 취하고 있다. 처음으로 'Kalevipoeg' 전설을 언급한 **펠만**Friedrich Robert Fählmann(1798 ~1850), **슐츠–베르트람**Julius Schultz-Bertram(1808~1875) 등에 이어 당시 크로이츠발트가 전국을 돌아다니면서 수집한 영웅전설, 민요와 일화를 소재로 독립과 자유정신을 고취시키려는 의도를 가지고 1857년부터 1861년까지 걸쳐 만든 것이다. 그러나 이것의 원조에 해당하는 핀란드의 『칼레발라Kalevala』가 **볼프**Friedrich August Wolf(1759~1824)에 의해 19세기 초 '룬' 형식으로 개작되거나 버전을 바꾸면서, 이후 서사문학의 형태로 발전된 것이다.

에스토니아 건국서사시를 저술한 크로이츠발트 이외 페르나우(페르누)에서 최초로 에스토니아어 신문 〈페르누의우체부 Pärnu Postimees〉를 만들고 민족자각운동을 펼친 **얀센**Johann Voldemar Jannsen(1819~1890)은 도르파트(타르투)로 활동무대를 옮겨 최초로 극단을 결성한다. 민족시인 **코이둘라**Lydia Koidula(1843~1886), 격동의 시대에 에스토니아 민족운동을 이끈 **야콥손**K. R. Jakobson(1841~1882) 등이 민족정신을 고양시킨 대표적인 인물들이다. 민족 사랑이 가득한 시들을 많이 저술한 코이둘라가 필명으

에스토니아어로 된 최초의 신문을 들고 있는 얀센(1819~1890)의 동상

코이둘라(1843~1886)

로 사용한 성 'Koidula'는 '여명'이란 뜻을 가지고 있으며, 당시 에스토니아의 문학적 상황을 잘 드러낸 단어이다. 그는 '칼레브의 아들'의 이미지와 거기에 표현된 조국의 모습을 자신의 작품에서도 많이 사용했다. 작품 전체에 걸쳐 '에스토니아', '조국'이라는 단어가 수없이 반복된다. 「에마으기 강의 나이팅게일」은 그의 작품 중에서도 가장 사랑받는 작품이다.

　민족정신을 기리는 다양한 노력뿐만 아니라, 민족의 혼을 일깨우기 위해 1869년 이곳에서 최초로 통합된 에스토니아의 음악제가 개최된다. 에스토니아는 '노래하는 민족'이라고 불린다. 그만큼 역사적으로도 '합창'은 매우 중요한 의미를 지닐 뿐만 아니라 민족 정체성의 확인과정이기도 하다. 19세기 말 타르투에서 시작되어 오늘날까지 이어지고 있는 노래축제는 5년마다 개최되고 있다. 민족노래축제인 대합창제 '윌드라울루피두Üldlaulupidu'는 짧게는 140년의 전통을 이어가고 있다. 이는 그들의 연대의식과 정체성을 기리는 유일한 계기였다. 국가(國歌)가 금지되었을 때는 비공식적이었지만, 오랫동안 제2의 국가로 애창될 만큼 민족의 정체성 형성에 중요한 역할을 했다.

코이둘라의 시 「나의 조국, 나의 사랑」에 **에르네삭스**Gustav Ernesaks(1908~1993)가 곡을 붙인 것이다. 민족정신을 일깨운 그 아버지 얀센의 딸인 코이둘라는 에스토니아의 문화적 정체성을 형성하는 정신적 지주였다.

나의 조국은 나의 사랑
애정을 바쳤던 그대에게
노래하네, 크나큰 행운을
생기 활달한 에스토니아여

Mu isamaa on munu arm
kel südant andnud ma
Sull laulan ma, mu ülem õnn
mu õitsev Eestimaa.

이처럼 20세기 초 러시아 혁명의 물결이 거세었던 시기 '젊은 에스토니아Noor Eesti; Das Jung-Estland' 라는 문화개혁운동의 중심지가 타르투였다. 타르투는 19세기 말부터 학교, 관공서, 행정제도, 언어사용에서 러시아화와 산업화가 한창일 때 자신들의 정체성을 새롭게 일구기 시작한 곳이다. 이처럼 19세기 중반부터 에스토니아인들은 자신들의 정체성을 새롭게 깨닫기 시작했다. 그러나

19세기 후반까지 문학은 여전히 국민의식 고양이라는 목적성을 띠는 수준에 머물렀다고 볼 수 있다. 이러한 한계를 극복하려는 노력이 1905년에 일어난 '젊은 에스토니아' 운동이다. 새로운 에스토니아인과 유럽인이 되기 위해 '더 많은 문화, 더 많은 유럽문화 Mehr Kultur, mehr europäische Kultur' 라는 구호를 제창한다. 문인과 예술가들은 집단적인 미학운동을 통해 에스토니아문학과 문화를 한 단계 높은 수준으로 격상시키려고 했던 것이다.

러시아 혁명의 물결이 거세던 시대에 문학에 관심을 둔 개혁운동 '젊은 에스토니아' 운동의 대표적인 작가인 **탐사레**A. H. Tammsaare(1878~1940)는 "단순한 에스토니아인을 떠나서 유럽인이 되자"는 슬로건을 내세운 작가로, 에스토니아 소설분야에서 뚜렷한 흔적을 남겼다. 필명 '탐사레'는 그가 태어난 곳의 이름으로, 5권으로 만들어진 『진실과 정의Tõde ja Õigus』는 에스토니아문학에서 사실성이 돋보이는 작품이다. 이 작품에서는 농민들의 생활과 에스토니아의 자연이 수수한 문체의 형식을 빌려 아름답게 묘사되어 있다.

탐사레의 산문 중 「신문파는 여자 17번Lehekandja nr. 17」(1904), 「마지막 남은 돈Viimane raha」(1907), 「살아 있는 인형 Elavad nukud」(1939) 등과 단편적인 글인 「나이팅게일과 꽃Ööbik ja lilled」(1910), 「사랑Armastus」(1910), 「진실Tõde」(1910), 「하프연주자Kandlemängija」(1912), 「총각과 나비Poiss ja liblikas」(1912) 등이 당시 자신들의 문학운동 잡지에 실렸다.[19] 여기서 보

여주는 일상적인 소시민의 삶과 그들이 겪는 현실적인 고통, 자연에 대한 찬미는 당시 에스토니아문학의 흐름을 이해하는 데 중요한 근거가 된다.

이처럼 20세기 초 서부 유럽의 영향을 받아 발생한 이러한 '모던' 운동에서 당시 문학의 근대성 확보는 불가피한 것이었다. 처음에는 19세기 말 유럽의 사실주의와 자연주의적 경향을 극복하려는 갖가지 양상을 띠었지만, 이보다 조금 앞서 서유럽에서 일어난 예술문학혁명운동으로 일컬어지는 '아방가르드'와는 다르다. 그러나 그 전형은 유럽, 특히 '모던'의 철학적 근거와 개념 수용은 독일어를 사용한 사상가와 작가들에게서 두드러지게 나타난다.[20]

대표적으로 니체Friedrich Nietzsche, 짐멜Georg Simmel, 프로이트Sigmund Freud, 마흐Ernst Mach, 마우트너Fritz Mauthner, 봐인이거Otto Weiniger, 바르Hermann Bahr 등의 사상가와 알텐베르크Peter Altenberg, 게오르게Stephan George, 하우프트만Gerhard Hauptmann, 주더만Hermann Sudermann, 토마스 만Thomas Mann, 베데킨트Frank Wedekind, 슈니츨러Schnitzler, 베르크Leo Berg, 홀츠Arno Holz, 슐라프Johannes Schlaf, 호프만스탈Hugo von Hofmansthal 등의 작가를 들 수 있다.

달리 표현한다면, 에스토니아문학에서 '모던'의 개념은 18세기 이래 미학적 혁명이라 할 수 있는 보들레르 이후 '미학적 경전붕괴', '20세기 아방가르드'와 밀접한 의미 속에서 제한적으로 파악될 수 있다. 에스토니아문학은 출발과 그 전개과정에서 가질 수밖에 없는 한계로 인해, 서유럽문학으로부터 새로운 준거를 확보해야 하는 것과 자국문학에 대한 상대성 확보라는 이중의 전략이 필요했기 때문이다. 문학적 전략의 중요성은 문학적 당위성 확보이자 시대적 요청에 있는 것으로, 자연스럽게 주제는 자유로운 글쓰기 대상과 사고를 통해 순수문학적 경향을 띠었다.

문학운동의 강령에서 "우리는 새로운 예술적 격상을 위한 목표와 유럽적인 정신생활을 영위할 수 있기 바란다. 이는 한편으로는 우리들의 고유한 국가 건설과 그에 대한 요구이며, 다른 한편으로는 유럽문화 쪽으로 유도하는 데 있다"[21]라고 밝히고 있다. 여기서 말하는 '유럽화'와 '모던화'는 새로운 문학적 가치척도였다. 수이츠Gustav Suits(1883~1956)는 "에스토니아에서도 또한 인간의 사상과 영혼적인 삶에서 모던화와 생산적 관계의 유럽화 과정이 이미 시작되었다"[22]고 주장한다.

망명작가로 분류되기도 하는 **크로스**Jaan Kross(1920~2007)는 탐사레와 수이츠를 중심으로 펼쳐지는 소위 '젊은 에스토니아' 운동을 높이 평가하면서도, 그들의 서술관점과 주제와의 차별성을 강조한다. 즉 자신은 당시 운동에서 보여주었던 문학강령에 따른 글쓰기와는 근본적으로 다르다는 이야기이다. 물론 세대 간 차이를 인정하지만, 그들의 영향을 이야기하는 것은 그에게 그렇게 중요하지 않다. 달리 현대적 문학성 확보를 위한 노력 가운데 소설가로서 역사인식과 민중적 실상을 그는 강조한다. 역사적 실체와 사실에 대한 현실적 의미부여를 중시하여 자신의 작품에서 이를 구현하려고 했기 때문이다.

도리어 크로스가 받은 영향을 독일문학 측면에서 본다면, 괴테, 토마스 만, 카프카 그리고 현대 작가 가운데 그라스에게 의미를 부여하고 있다. 이는 크로스의 작품에서 드러나는 문체적 특징과 사건을 전개하는 방식의 유사성이다. 특히 노령에도 불구하고 작품 쓰기에 열정을 바쳤던 괴테의 '외국어, 사랑, 자연찬미, 민중과 역사인식'에서 그는 동질감을 느낀다고 한다. 서방세계에 대한 자국 문학의 상대성 확보나 연계성 또는 접점을 갖는 데 의미를 둔 것이다. 달리 표현한다면, 자국어를 통한 독특한 문학적 배경과 형상의 차이를 인정해야 한다는 강조가 들어 있다.

'젊은 에스토니아' 운동에 이어 1917년 진보적인 문인들이 클럽 '불사조Siuru'를 결성한다. 여기에는 서정시인 **운데르**Marie Under(1883~1980)와 **투글라스**Friedebert Tuglas(1886~1971)가 중심 역할을 한다. 그러나 그들의 활동은 '성과 에로틱Sexualität und Erotik'에 대한 자유로운 서술태도로 인해 동시대인들로부터 거센 항의를 받거나 외면당하는 등 혼란을 겪기도 한다. 이처럼 문학사에서는 문학의 근대성을 확보하는 시기로 평가되고 있지만, 1944년부터 시작된 소련 점령시대는 망명문학을 낳는다.

독일발트문학의 유산

  19세기 말 발트 지역의 현대화는 계급사회의 붕괴, 민주적 시민사회 형성과 병행하여 일어났다. 이러한 변화가 발트국들에서 문화적인 주도세력이 끊임없이 바뀌는 결과를 가져왔다. 그 가운데 에스토니아문화는 에스토니아의 문화생활에서 자신들이 주도적 위치를 차지하기 위한 투쟁을 펼쳤던 것이다. 그럼에도 불구하고 이러한 노력은 독일문화가 이 나라에서 가졌던 주도적인 영향을 부인하거나 중단시킬 수는 없었다. 하나의 예를 든다면, 현재 에스토니아 수도 탈린의 시청 혹은 니콜라이교회 등을 통해서 문화적 기억이 여전히 살아 있을 뿐만 아니라, 이러한 상징적인 건물들을 에스토니아인들은 물론 독일발트인 양측 모두 자신들의 고유한 전통으로 삼고 있기 때문이다. 비평가 옥스Jaan Oks(1884~1918)가 에스토니아문화에 대한 독일의 영향에 대해 성찰하면서, "나무껍질 이끼 속의 많은 것들이 나무와 함께 자랐으며, 또한 제 것이 되어버렸다Vieles in diesem Rindemoos ist mit dem Baum zusammengewachsen, angeeignet worden"[23]고 비유적으로 표현한 것은 문화의 주체와 전통에 대한 객관적 인식이다.

  이로부터 이삼십 년 후 작가 탐사레는 이러한 인식을 이어받아 『나는 한 독일 여인을 사랑했다Ich liebte eine Deutsche』라는 장편소설에서 다음과 같이 기술하고 있다.

우리는 재산을 내놓았다. 그리고 그때부터 재산을 가지고 사는 방법을 익히고자 서두르고 있다. [……] 우리는 동시에 주변세계를 위하여 재산의 전통, 풍속, 삶의 방식, 세계관, 온전한 윤리적, 심미적인 사고방식을 받아들이기 위하여 우리 손에 달려 있는 것을 행하였다. [……] 나는 이성적으로는 재산해체의 필연성을 투철하게 인식하고, 조건 없이 수락한다. 그러나 감성적으로는 으스러지도록 재산에 매달린다. [……] 과거를 극복하는 것이 우리에게는 매우 힘드는 일이다. 마치 양심이 우리를 괴롭히기라도 하듯, 우리는 동정심을 갖고 압제자들의 텅 빈 거주지 주변을 빙빙 돌고 있다.[24]

Wir hatten die Güter enteignet und eilten nun, uns auch die Lebensweise der Güter anzueignen. [……] Wir taten, was in unserer Macht stand, um zugleich mit den Gütern auch deren Traditionen, Sitten, Lebensweise, Weltanschauung, die ganze ethische und ästhetische Einstellung zur Umwelt zu übernehmen. [……] Mit dem Verstand begreife ich die Notwendigkeit der Auflösung der Güter und billige sie vorbehaltlos, aber mit dem Gefühl halte ich anscheinend krampfhaft an ihnen fest. [……] Es fällt uns schwer, so jäh die Vergangenheit zu überwinden. Wir kreisen mit dem Herzen um die leere Wohnstätte unseres Unterdrückers, als quäle uns das Gewissen.

그러나 이는 서방유럽과 소비에트연방이라는 강대한 세력의 틈바구니에서, 무엇보다도 서유럽문화라는 큰 조류와 강한 영향하에 놓여 있는 약소민족들이 자신들의 독자성을 키워나가는 길이 얼마나 어려운지를 보여주는 것이다.

이성적으로는 독자성을 키워나가야 된다는 통찰을 하면서도, 이를 실천하는 일이 감성적으로 매우 힘든 작업임을 알 수 있다. 오늘날 비록 신생독립국으로 거듭났지만, 공동체의 독자성을 키워가고자 하는 강한 열망과는 어긋나게 자신들의 정체성 확인을 위한 과거의 흔적들이 곳곳에서 여전히 정리되지 않은 채 드러나고 있다. 이런 상황에도 불구하고, 다른 한편으로 유럽연합의 회원국으로서 독일을 비롯한 유럽공동체의 소속감과 공통성을 찾아가는, 즉 대륙의 큰 조류에 통합을 키워나가고자 하는 역방향의 새로운 과제에 당면하게 되었다. 따라서 양극적 방향의 긴장감으로부터 균형과 조화를 어떻게 이루어나갈지를 밝히고 추적하는 것도 (독일)발트문학을 이해하는 데 있어서 견지해야 할 자세이다.

이러한 관점에서 현재 에스토니아문학에 관한 문예학적 기술은 21세기를 지향하고 있다. 첨단기술과 정보, 가상공간과 현실 간의 전혀 새로운 문화패턴까지 감안하고 있다. 새로운 패러다임으로 새로운 시문학적 시공간을 염두에 둔 것이며, 지역성을 초월하면서도 지역성에 근거하는 문화지상주의에 맞닿아 있다고 볼 수 있다. 전자 에스토니아 문학사 프로젝트(EEVA, Eesti vanema kirjanduse digitaalne tekstikorpus) 역시 '지역문화'라는 개념에 기초하고 있다. 이 프로젝트는 일종의 전자도서관으로 발트국과 관련되는 작가들의 전기, 도서목록, 참고문헌, 역사, 문화, 영상 등 가상공간을 통한 열린 문학사적 기능도 포함하고 있다. 네트워크 안에서 엮이는 생생한 문학적 환경은 언어적 한계를 초월하여 텍스트들의 상호관계를 가시화시키며, 이를 통해 (독일)발트문학들이 서로서로 얽혀 있음을 보여준다는 설계이다. 이는 살아 있는 '지역-역사-현재'를 위한 미래적 대응이라고 볼 수 있다. 즉 문학사 기술에서 제시되는 명제처럼 늘 현재형이자 진행형의 과제라는 열린 문학의 특성에 기초하고 있다.

여기서 작은 결론은, '독일발트문학'은 독일문학, 발트문학과의 관계를 떠나 존립할 수 없었던 실체라는 점이다. 독일발트문학은 일정한 시기 특정한 지역에서 펼쳐진 활동이며, 독일문학과의 연계성과 독자성을 동시에 지니고 있다는 진단이다. 이를 위해 먼저 문제제기로서 독일발트문학을 문학사적 기술대상으로 삼았으며, 그 범위와 대상을 통해 개념을 정의했다. 또한 계몽주의와 질풍노도 시기의 사상적 영향관계를 바탕으로 독일발트문학의 발생과 그 전개과정을 언급한 것은 일반론적 진단이다. 당연히 독일발트문학에 관련된 작가, 작품에 대한 심층적인 분석을 통한 문학(사)적 평가는 새로운 과제로 남는다.

나아가 독일문학, 독일발트문학, 이들과 불가분의 연계성을 지닌 에스토니아문학과 발트문학은 '언어–민족, 지리–문화, 역사–국가' 라는 범주를 모두 아우르는 경우 이러한 범주에 따른 논의가 계속 가능하다고 본다. 다양한 측면에서 이루어지는 논의는 결국 전체 속의 개체를, 개체를 통한 문학적, 정신적 고유함과 진정성 발견을 지향하기 때문이다.

덧붙여, 21세기 초인 오늘날 신생독립국의 발트문학은 각 나라별로 정립되는 시기이다. 그리고 독일발트문학에 대한 올바른 이해와 가치를 자리매김함으로써 문학사는 물론 문학의 보편성 확보라는 과제를 간과할 수 없다는 점도 중요한 이유에 해당된다. 소멸된 문학이 아니라 다시 살아 움직이는 역사로서 문학의 의의는 가장 현실적이자 문학사 기술의 명제에 속하기 때문이다.

VI

20세기 에스토니아문학

6.1 에스토니아문학의 현대성

　민족문화 발현의 연장선에서 1880년경 발생한 '현대Moderne'라는 문제에 직면하여 독일문학에 대한 에스토니아문학의 평가는 정통적인 입장을 고수한다. 독일문학사에서 볼 때, 자연주의는 사실주의 풍조가 끝날 무렵인 1880년부터 1900년까지 시인 **홀츠**Arno Holz(1863~1929)와 **슐라프**Johannes Schlaf(1862~1941)의 밀접한 공동작업 속에서 형성되었다는 평가를 받고 있다. 자연주의의 문학강령은 사실의 지식과 경험을 수단으로 뒷받침되는 인과적 자연과학적 방법론에 기초하고 있다. 홀츠에게 있어서, "예술은 또 다시 자연이 되려는 경향을 지니고 있다. 예술은 예술 각개의 재현 조건이나 수단, 그리고 그 조작에 비례해서 예술로 된다", 즉 '예술은 자연의 모방이다' 라는 등식을 성립시켰다.

　여기서 '모방' 은 한편으로 표현 수단의 고유 성격에서, 다른 한편으로 예술가의 주관성에서 그 한계를 발견한다는 논리적 근거를 갖고 있다. 그러나 그의 공식적 정의에서 저해 요인이 되는 'x' 가 형성되므로, 자연주의의 공식은 '예술 = 자연 − x' 가 되었다. 또한 홀츠는 "우리의 세계는 더 이상 고전주의적이 아니며, 낭만주의적이지도 않고, 다만 현대적이다"라는 시로써 자연주의적 운동이 관념론적 후기 낭만주의적인 아류에 대한 비평에서 연유했음을 밝혔다. 고전주의와 낭만주의 대신 자연주의의 '현대'는 질풍노도기의 진보적인 문학과 청년독일운동의 문학을 근거로 삼았기 때문이다.

그러나 자연주의 운동을 포함시킨 개념으로서 '현대문학'은, 독일발트문학과 에스토니아문학에서는 대부분 부정적인 맥락으로 나타난다. **슈뢰더**Leopold von Schroeder(1851~1920)는 현대문학에 대해 언급하는 것이 어려운 과제임을 아래와 같이 호소한다.

괴테, 실러, 호머, 셰익스피어의 이상 속에서 성장한 인간에게는 새로운, 소위 '순수' 문학의 출판물을 읽거나, 이런 문학에 관해 토론하는 것조차 달갑지 않은 일이다. 즉 니체와 입센은 아주 감탄할 만한 훌륭한 영웅으로, 예컨대 새로운, 자칭 위대한 시대의 신봉자로 모시고, 그들의 거의 모든 것들을 경외심으로 받들고 싶은 마음은 없다.[25]

Es ist für einen Menschen, der in den Idealen Goethes und Schillers, Homers und Shakespeares aufgewachsen ist, eine wenig erfreuliche Aufgabe, Erscheinungen der neueren sogenannten 'schönen' Litteratur zu lesen oder gar zu besprechen; einer Litteratur, in welcher Nietzsche und Ibsen als die allbewunderten, verehrten Heroen dastehen, als Apostel einer neuen, angeblich grossen Zeit, vor denen sich fast Alles in Ehrfurcht verneigt.

　　에스토니아에서 최초 현대 문학적인 흐름이라 할 수 있는 자연주의를 〈발트월간지〉의 평론가들은 이구동성으로 거절하였다. 슈뢰더와 마싱Woldemar Masing(1836~?)은 "자연주의는 독일정신에 어울리지 않는다Er(der Naturalismus) sei nicht geeignet für den deutschen Geist"라고 보았다. 특히 마싱은 미학을 다룬 논문에서 몇 차례에 걸쳐 동일한 테마를 다루었다. 그는 예술에서 자연주의의 원칙이 예술개념을 확대한 것으로 인정하면서도 이상주의 원칙에 예속되어야 할 하위개념이라고 주장한다. 마싱에 의하면 현대적 자연주의는, 예술의 목적에 도움이 되지 않는 걸로 폄하된다. 자연주의 융성 후 1896년, 마싱의 자연주의 비판은 좀 수그러지는 듯했다. 그가 자연주의가 문학과 예술에 끼친 거대한 영향력을 인정하고 졸라, 입센, 톨스토이의 작품 분석에서 자연주의 유형을 세워 톨스토이식의 '윤리적'인 자연주의를 다른 작가들의 자연주의보다 우위에 두어 평가하였기 때문이다.

　　그러나 자연주의를 훨씬 강도 높게 반박한 사람은 슈뢰더였다. 그는 당시 현대문학자들이 추구하는 노력을 '추악한 열광자Hässlichkeits-Enthusiasten', 또는 '가소로운 원본추적자들이나

하는 짓lächerliche Originalitätshascherei' 으로 빗대어 비하하
였다.

독일인은 괴테, 실러, 그릴파르처처럼 자신의 내부에 깊이 자
리 잡혀 있는 이상주의를 추종할 때에만 위대하다. 독일인이
이러한 이상주의를 부정한다면 자기 스스로를 부정하는 것이
되며, 동시에 자신을 제2의 혹은 제3의 수준으로 비난하는 셈
이다. 자연주의 작품들에서 독일인들이 항상 프랑스인, 러시
아인, 노르웨이인들보다 더 떨어지는 인물로 그려지는 이유
는 간단하다. 왜냐하면 이런 국가들은 사실주의적 방식에서
훨씬 강한 재능을 갖추었고, 풍부한 소질을 갖고 있기 때문이
다.[26]

Der Deutsche ist nur dann gross, wenn er - wie Goethe,
Schiller, Grillparzer - dem ihm tief innewohnenden,
grossen Zuge zum Idealismus folgt. Verleugnet er diesen,
dann verleugnet er sich selbst unt verurtheilt sich zu
einer Roll zweiten oder dritten Ranges. In
naturalistischen Schöpfungen werden die Deutschen stets
von Franzosen, Russen, Norwegern weit übertroffen
werden, einfach aus dem Grunde, weil diese Nationen
nach der realistischen Seite weit stärker begabt, weit

reicher veranlagt sind.

특히 슈뢰더는 입센에 대해 강한 거부감을 드러내었다. "원래 진정한 작가가 아니다kein echter, ursprünglicher Dichter"라고 비난하면서, 나아가 입센을 모방한 하우프트만과 주더만이 독일 드라마를 철저하게 오도하고 있다고 보았다. 하우프트만의 작품은 역겨움과 지루함만 야기할 정도로 매우 무미건조하고 위트가 없으며, 거친 그리고 불쾌한 것들이라고 보았다. 동시대인들이 자연주의적 현대성을 통해 어느 정도 다른 상황으로 옮겨진, 즉 입센과 마찬가지로 하우프트만에 대한 연구가 줄어들지는 않았지만, 이러한 상황도 언제가 끝난다는 판단이었다. 홀츠와 데멜Richard Dehmel(1863~1920) 역시 거부했다. 상징주의에 대해서도 똑같은 태도로 날카롭게 비판한다. 슈뢰더는 이처럼 현대문학은 유약하고 건전하지 못하며, 과거의 위대한 작가들과 감히 비교할 가치가 없는 것으로 판단했다.

반면 독일발트문학의 주요 흐름에서 벗어나 '현대로 도약 Sprünge zur Moderne'을 기도한 작가들도 있었다. 쿠르란트 귀족 출신으로 도르파트(타르투)와 빈에서 대학을 다닌 카이저링 Eduard von Keyserling(1855~1918)이 바로 여기에 해당되는 작가였다. 당시 대표적인 작가인 **알텐베르크**Peter Altenberg(1859~ 1919), **게오르게**Stefan George(1868~1933), **할베**Max Halbe (1865~1944), **베데킨트**Frank Wedekind(1864~1918), **쿠빈**Alfred

Kubin(1877~1959), **카스너**Rudolf Kassner(1873~1959), **코린트** Lovis Corinth(1858~1925) 등과 친교를 맺었다.

현대문학의 중심지인 빈과 뮌헨에서 활동하면서, 빈에서 쓴 카이저링의 첫 소설들, 『장미 마음 아가씨Fräulein Rosa Herz』(1887), 『제3의 계단Die dritte Stiege』(1892) 등은 자연주의의 영향을 받은 작품이다. 1903년에 쓴 소설 『베아테와 마레일레Beate und Mareile』는 미학적 전환을 나타낸다. 이때부터 중·장편 소설들은 시대 특성적인 위기의식과 문화 염세주의를 반영하며, 퇴폐적이고 유미적인 미학적 논쟁에 가담한다. 카이저링의 발트 지역 이야기들은 자신들이 자라난 환경인 구시대적 세계와 생활 방식에 대한 회고를 매우 현대적인 감각으로 서술한 작품이다.

레발(탈린)의 귀족 출신 **슈테른**Maurice von Stern(1860~1938)은 도르파트(타르투)에서 교육을 받았으며, 독일발트문학의 주된 흐름과는 다른 길을 걸었던 작가이다. 그는 러시아 군에서 복무를 마치고, 1870년대 레발신문사 편집부에서 일하던 중 갑자기 조국을 떠나 미국으로 갔다. 그곳에서 단순 노동을 하며 프롤레타리아 신문인 〈뉴저지노동자신문New-Jersey-Arbeiter-Zeitung〉을 발간했다. 미국에서 최초로 발간한 시집 『프롤레타리아 노래Proletarier-Lieder』(1885)는 발트 귀족의 후손으로서는 매우 획기적인 것으로서, 하층민과 노동자의 삶을 사실적으로 형상화하였다. 그는 다시 유럽의 스위스로 돌아와서 쮜리히에서 잡지 〈슈테른의 스위스 문학회보Sterns literarisches Bulletin der Schweiz〉를 발간하는 등

사회로부터 소외되고 핍박받는 편에서 줄곧 비판적 잣대를 견지하였다.

그러나 이후 슈테른은 앞선 사회민주적인 프로그램에 대한 정조를 끝까지 지키지 않았다. 그의 시집에서 드러났던 혁명가들은 오스트리아 황제에 대한 칭송가로 바뀌었다. 후기 슈테른은 종교적 신비주의에 기울어 철학 저서들에서 철학적 인식과 종교를 화합시키고자 했으며, 현대적 자아숭상에 반기를 들고 개인이 전체에 융합할 것을 요구하기에 이른다. 이는 그의 유일한 자서전적 소설 『발터 벤드리히Walter Wendrich』(1895)에서 편협한 삶의 공간인 에스토니아를 자신이 도주하여 자유로운 발달을 시도하게 된 동기 차원에서 서술했다는 점에서 잘 드러나고 있다.

이처럼 문학뿐만 아니라 문학 관련 부문에 존재했던 구조적 결함에 대한 새로운 인식은 에스토니아의 발트문학에 의해서 점점 두드러지게 문제화되었다. 에스토니아의 발트문학은 독일발트문학의 강력한 영향력 속에서 전개되었지만, 19세기 말까지 제2류에 해당하는 독일 작가들의 표준을 따르고 있었다. 20세기 초에 이르러서야 비로소 독일발트문화를 과격하게 거부하는 형태를 취하면서, 독자적인 정체성을 형성해나가기 시작한다. 에스토니아문학은 주도적인 독일발트문학의 고유 영역으로부터 분리되어 반대편에 서서 독자적인 타당성을 확보해가고자 하는 일종의 '반 고유 영역 Gegen-Feld'의 형태로 발전되어갔다. 1909년 에스토니아 작가 옥스Jaan Oks(1884~1918)는 에스토니아인이 자신들 원래의 문화에 가까워지기 위해서는 소시민적 독일의 영향을 물리치는 것이 유일한 길이라고 여겼다.

발트 지역의 문학비평은 앞서 지적했듯이, 독일발트문학도 원래 독일정신과는 소원한 관계라고 보았다. 그리고 모든 기존 현상을 단호하게 거부하는 입장을 취한다. 이런 가운데서도 카이저링, 슈테른과 마찬가지로 **빌데**Eduard Vilde(1865~1933), **수이츠** Gustav Suits(1883~1956), **투글라스**Friedebert Tuglas(1886~1971), **아비크**Johannes Aavik(1880~1973), **탐사레**Anton Hansen Tammsaare(1878~1940) 등을 비롯한 다른 에스토니아 젊은 작가들도 20세기 초 외국의 모더니즘을 발견한다. 이들은 발트 지역문화의 토대에서부터 전환이 이루어져야 한다고 여긴 것이다. 빌데가 이를 주도하여 베를린 자연주의에서 자신의 역량을 키워갔다. 이때 이들이 사용하는 언어는 에스토니아어였으며, 이는 독일발트문학의 인정과 극복이라는 이중적인 모순에 놓여 있었음을 보여준 것이다.

이러한 사회비판적 분위기와 사회의 하급계층을 주제로 삼는 자연주의가 에스토니아문학에서 최초의 현대문학운동으로 실천되게 된 것은 주목받을 일이기도 했다. 그러나 세기말 또 다른 유형의 문학논쟁을 수용하기에는 사회문화적 여건이 아직 조성되지 않았다. 새로운 문학현상의 전제인 현대적 생활상, 즉 도시화, 교양시민계급의 세계관 붕괴, 문화비판주의 등과 같은 사회문화적 토대가 러시아 지배하에 있던 발트의 농경사회에서는 마련될 수 없었기 때문이다. 당시 투글라스가 지적한 바와 같이, '지성적 도시문화intelligente Stadtkultur'는 에스토니아에서 겨우 조성되기 시작하는 단계에 있었으며, '도시적 사고방식der Geist der Stadt'이 비로소 유입되기 시작하였다. 유럽문학의 현대적 흐름과 보조를 취하기 위해서 우선 '현대의 도시Stadt der modernen Zeit'를 환상으로 그려 기대야만 했다. 아래는 투글라스가 쓴 1912년 에세이 『문학양식Kirjanduslik stiil』의 일부이다.

우리에게는 대도시가 없기 때문에 도시나 큰 세계의 문화적인 분위기는 너무나 이론적으로 혹은 간접적으로 교양, 외국문학, 외국예술을 통해 우리의 것으로 만들었다. 여태까지 우리는 유럽의 예술적 가치를 창조해내는 데 참여할 수 없었다. 아무것도 우리를 이런 가치의 역사와 연계시켜주지 못했다. 우리는 이론상으로만 유럽인이다. 새로운 추상적 삶의 느낌이 있지만, 이에 상응하는 실제 삶에서 나타나는 표현은 없다. 유럽화와 세련됨이 느낌과 개념상으로 서서히 생기기 시작한다. 그러나 이런 느낌과 개념에 부응하고, 이와 더불어 시대에 맞는 문학적 소재와 문학적 언어를 제공할 만한 삶은 그만큼 발전되지 않았다.[27]

Et meil suurlinnu pole, siis oleme suurmaailma kultuurimeeleolusid õigupoolest liiga teoreetiliselt, kaudselt, hariduse ja võõra kirjanduse ning kunsti abil omandanud. Me pole seni võinud Euroopa kultuuriväärtuste loomisest aktiivselt osa võtta. Meid ei seo miski nende väärtuste ajalooga. Me oleme teoreetilised eurooplased. On olemas abstraktne elutunne, kuid pole tegelikus elus sellele avaldust. Areneb tuundmuste ja mõtete tihenemine ja peenenemine, kuid elu, mis neile vastaks ja ühes sellega ajakohast ilukirjanduslikku ainet ning väljendusvahendeid pakuks, pole veel nii kaugele arenenud. Tee, millel, oleme, on paratamatu ja sellepärast õige tee. Kuid selle tõe mõistmine ei vähenda veel tema traagilisust.

이처럼 젊은 에스토니아인들은 그들이 의무감으로 간주했던 새로운 감각 및 표현체계를 외국으로부터 빌려와 문학적 강령으로 삼았다. 즉 "새로운 문학운동이 성립되어야 할 근거는 자연스럽게 타민족의 문학에서 찾아야만 한다Uue voolu tekkimise põhjust on vististe kõige loomulikum teiste rahvaste kirjandusest otsida" [28]라고 모더니스트인 탐사레가 주장했듯이 이러한 인식은, 내부 문화에서 결핍되는 것은 외부로부터 기대해야 한다는 뜻이다. 또한 "……그러나 우리 고유의 문학사에 없는 것은 세계문학사가 보충해야만 한다……Kuid seda, mis meie oma kirjanduslugu võlgu jääb, peab tasuma maailmakirjanduse histooria" [29]라는 투글라스의 주장 역시 이를 뒷받침하고 있다.

이를 바탕으로 발트 지역의 독일현대문학과 에스토니아문학 간의 공통점은 카이저링의 인상주의적 소설기법과 탐사례의 소설기법을 비교하고, 투글라스의 "삶의 모든 미세한 부분은 의미를 갖는다. 반면에 전체는 전체가 존재하는 의미를 잃어버린다Iga elu detail saab oma mõtte, kuid kõik üheskoos kaotab olemasolu mõtte"[30] 등에서 찾을 수 있다. 이와 같이 에스토니아문학의 현대성은 '새로움'을 위한 문제제기에 이은 출발과 진행의 과제라는 의미를 가졌다.

독일발트문학의 입장을 취하는 쪽에서는 이런 도전적인 후예들이 해방코자 하는 운동을 물론 무시하고자 하였다. 에스토니아문학 또는 라트비아문학 자체를 거부하지는 않았지만, 이들의 이단적 성격을 부인하고자 하였다. 도르파트(타르투)의 저널리스트 우스탈Arthur Usthal은 잡지 〈문학메아리Das literarische Echo〉에서 다음과 같이 주장한다.

사람들은, 엄밀한 의미에서 현대 에스토니아의 원형적 문학은 없다고 말할 수 있을 것이다. [……] 괄목할 만한 작가적 재능이 없을 뿐만 아니라, 무엇보다도 이에 상응할 만한 민중적 삶의 여건이나 문학적 토양도 부족하다.[31]

Ja, man wäre beinahe versucht, zu sagen, dass es eine

moderne estnische Originalliteratur in des Wortes eignester
Bedeutung noch überhaupt nicht gibt. [······] Es fehlen nicht
nur bemerkenswerte dichterische Talente, sondern es fehlt
vor allem auch der entsprechende Literaturboden, d.h.
Bedingungen im Leben des Volkes.

　놀랍게도 이러한 견해는 현대문학운동인 '젊은 에스토니아' 운
동이 한창일 무렵에 이루어졌다. '젊은 에스토니아' 라는 문학운동
이 비록 프랑스문학과 스칸디나비아문학을 모범으로 삼아 에스토
니아문학의 예술적 질을 높이 향상시키기는 하였지만, 이에 대한
근거가 없었을 뿐만 아니라 편향적인 것으로 판단하였다. 실제로
에스토니아문학은 19세기 후반까지 여전히 국민의식의 고양이라
는 목적성을 띠었으므로, 이러한 한계를 극복하려는 노력의 일환
으로 1905년에 문학혁명운동이 발생하였다. 우스탈은 젊은 에스토
니아인들의 문학을 외국의 신들만을 숭상하고 자국민에게는 아무
런 메시지도 없는 무미건조한 문학이라고 비난했다.

6.2 망명시대의 문학과 그 이후

20세기 전환기의 문학

이처럼 19세기 동안 정치적 격변기와 혼란의 소용돌이 속에서도 독일발트문학은 계속 활발한 활동을 펼쳤다. 이의 원동력은 독일발트문학의 정체성에 기인한다. 반면, 괴테와 실러로 대표되는 독일 고전주의적 이상주의에 정신적 뿌리를 두었기 때문에 경직성을 띠는 모순을 낳기도 했다. 이어 19세기 후반과 20세기 초에 걸쳐 출생한 새로운 세대 작가들의 활동이 시작됨으로써 어느 정도 세대 간 단절을 겪지만, 그들을 독일발트문학의 새로운 대표자로 칭하고 있다.

그러나 일정 기간 독일발트문학을 이끌어갔지만, 1차 세계대전과 1920년대의 혼란과 불안 속에서 그들 대부분은 발트국을 떠나 독일로 향했다. 1차 망명문학가들이다. 이들의 작품은 다양한 문학적 형식으로 잃어버린 고향이자 발트 지역이기도 한 이중적인 지역성을 주제화하였으며, 발트인들의 독립에 대한 깊은 성찰도 없이 옛날의 상황을 미화시켰다. 즉 옛 정서에 바탕한 발트와의 관계를 미화된 시각으로 '고향상실'과 '독일발트 귀족의 몰락' 등을 주로 다루었다.

특히 에스토니아어를 표현 수단으로 한 세대에 의해 독일발트문학은 구심점을 잃고 분열되고 더 나아가 단절을 겪는 것처럼 보였다. 결국 역사적 변동 가운데서 떠나고 남는 작가, 그리고 모국어를 위주로 한 다음 세대에 의해 자연스럽게 독일발트문학은 방향을 상실한 채 단절될 수밖에 없었다. 그러나 이러한 혼란 속에서도 독일발트문학은 계속된다.

독일발트문학의 대표적인 여류작가들을 소개하면 다음과 같다. 먼저 에스토니아의 국내 망명문학가 **후니우스**Monika Hunnius (1858~1934)는 나르바(Narwa; Narva)에서 출생하여 리가에서 생을 마감했을 정도로 발트 지역을 떠나지 않았다. 리가에서 노래와 낭독교사로 일을 하면서, 주로 매력적이고 흥미로운 회고록과 전기를 통해 삶의 형상과 기독교적 태도를 견지하였으며, 단편소설 「고향의 노래Lied von der Heimat」(1932)가 대표작이다.

반면 **마우리나**Zenta Maurina(1897~1978)는 라트비아에서 의사인 아버지와 피아니스트인 독일계 어머니 사이에서 태어나 소아마비를 앓고 평생 휠체어 생활을 했다. 어릴 적부터 3개국어—독일어, 라트비아어, 스웨덴어—를 사용하면서 자랐으며, 리가에서 발트어문학을 전공하여 박사학위를 받았다. 러시아의 제2차 발트국 점령이 이루어지는 1944년에는 독일로 이민하지만, 1946년 이후 스웨덴 웁살라에 정착하여 국적을 취득했다. 여기서도 그녀의 방랑은 끝나지 않는다. 1966년부터는 다시 독일 바트 크로찡엔에서 살았다. 그녀는 자기 고향과 유럽을 오가면서 즐겨 문학, 작가와 사상가에 관한 에세이는 물론 단편 및 장편 소설을 펴낸다. 즉 통일된 세계와 개체의 문제에 몰두하여 이를 작품의 테마로 삼았다.

쿠르란트 미타우(Mitau; Jelgava) 근교에서 출생한 **브링켄** Gertrud von den Brincken(1892~1982)은 1927년부터 독일로 삶의 터전을 옮긴다. 절제된 열정으로 서정시, 발라드, 성장소설과 향토소설을 펴내 많은 독자를 확보하였을 정도로 인기를 얻었다. 대표적인 작품으로는 『어둠을 모르는 자Wer nicht das Dunkel kennt』(1911), 『민요와 발라드Lieder und Baladen』(1918)에 이어 『발자국 Schritte』(1924) 등과 같은 시집을 비롯하여, 이후 산문집 『향수 Heimatwehbuch』(1926), 소설 『3월März』(1937), 『강제 부역지의 가을Herbst auf Herrenhöfen』(1939), 『영원한 숲Unsterbliche Wälder』(1941)을 발간할 정도로 독일발트문학에서 당시 가장 뛰어난 서정적 재능을 드러냈다.

이어 독일발트문학의 대표적인 남성작가로 주더만Hermann Sudermann(1857~1928), 라데츠키Sigismund von Radecki(1891 ~1970)와 소설가이자 서정시인 타우베Otto Freiherr von Taube (1879~1973), 베게삭Siegfried von Vegesack(1888~1974) 그리고 특출한 작가 베르겐그륀Werner Bergengruen(1892~1964) 등도 혼란한 시대에도 불구하고 당시 독일발트문학을 이끌어간 작가들이

었다.

이들의 활동이 크게는 독일문학과 발트문학으로 분류되기도 한다. 경우에 따라서는 그 어느 쪽에도 속하지 않기도 하지만, 여기서는 독일발트문학으로 다루고자 한다. 발트문학의 초기에 해당하는 18세기 말 메르켈과 코체부에 이어 이들은 주로 19세기 말 20세기 초, 즉 20세기 전환기에 활동한 작가들에 속한다. 그러나 이들 세대는 질풍노도 시기 이후의 독일 발트문학가들보다 방황, 고뇌, 방랑 속에서 훨씬 가혹한 시대적, 정치적, 개인적 시련을 겪었다고 볼 수 있다.

주더만은 동프로이센 출신으로 쾨니히스베르크와 베를린에서 역사와 철학을 수학했으며, 초기 자연주의 시대 성공적인 드라마 작가와 소설가로서 당시 사회비판적 문체가 큰 호응을 받을 정도로 대중적인 취향에 맞는 작품을 발표했다. 장편 『우수 부인Frau Sorge』(1887), 희곡 『고향Heimat』(1893), 단편모음집 『리투아니아 이야기Litaunische Geschichten』(1917) 등이 대표작이다.

라데츠키는 리가 출신이지만 독일에서 사망했다. 크라우스Karl Kraus(1874~1936)의 영향으로 '문학적 소형식literarische Kleinform'을 완성한 대가였다. 종종 그는 에세이를 통해 삶의 가치와 지혜를 드높이는 글을 기고하기도 하며, 시대와 문화비판적 서술관점을 드러내는 자유 작가로서 방랑적인 생을 보냈다.

독일발트문학가들에서 공통적으로 드러나는 방랑생활은 **타우베**도 마찬가지였다. 타우베는 레발(탈린) 태생이었지만, 뮌헨 근교에서 생을 마감했다. 그는 슈뢰더의 영향으로 심미주의적 작품을 통해 고향 발트와 역사를 소재로 다루었으며, 동시에 훌륭한 번역가이기도 했다. 전환기 다른 문학가들처럼 타우베는 독일과 발트 지역 사이를 왕래하면서 법학과 예술사를 전공했다. 또한 그는 서부와 남부 유럽뿐만 아니라 러시아, 아프리카 등 많은 여행을 통해 작가적 역량을 키웠다. 발트 귀족의 몰락을 다룬 그의 역사소설은 물론 낭만적이고도 환상적이었지만, 다른 한편으로 그로테스크한 노벨레로 명성을 얻기도 했다.

라트비아에서 출생하여 바이에른에서 사망한 **베게삭**도 귀족 출신으로 역사학을 전공하였으나 저널리스트, 드라마 작가와 번역가 등 다양한 활동을 했다. 그의 문학적 업적은 발트국을 소재로 한 소설과 시집이었다. 그 가운데 『발트 3부작Baltische Trilogie』 (1933~1935)은 가장 큰 성공을 거둔 작품으로, 독일발트 귀족들의 몰락을 주요 테마 중 하나로 삼고 있다. 동시에 그의 시집과 아동도서 역시 당시 많은 독자들로부터 인기를 얻었다.

이들 가운데 **베르겐그륀**이 특히 뛰어났다. 리가에서 의사의 아들로 태어났으나 뮌헨과 베를린에서 수학했다. 1차 세계대전에서는 독일 군인으로 참전했고, 이어 발트독립전쟁—리가 해방전쟁—에 참가한 저널리스트이기도 했다. 2차 세계대전 이후 오스트리아, 스위스 등지로 전전하다가 1958년 독일 바덴바덴으로 생활의 근거지를 옮긴 다음, 그곳에서 생을 마감했다. 베르겐그륀의 작품에는 물론 발트의 지역적 특징이 잘 반영되어 있다. 그는 또한 사실주의와 심리학이 결합된 낭만적 환상을 잘 그려내는 훌륭한 산문작가였다. 사고의 깊이와 기독교 윤리적인 특징을 가끔 종교적인 주제와 심리학적인 모티브를 갖춘 역사적 소재를 통해 다루면서, 영원한 질서로부터 사건의 의미를 획득하려고 했다. 이러한 문학세계를 통해 그는 1951년 '빌헬름 라아베Wilhelm Raabe' 상을, 1962년 '실러Schiller' 상을 수상하였다.

베르겐그륀의 대표작으로는 장편소설 『위대한 연금술Das große Alkahest』(1926; 1938년에는 '영주Der Starost'라는 이름으로), 『대군주와 재판관Der Großtyrann und das Gericht』(1935)에 이어 산문소설 『레발의 죽음Der Tod von Reval』(1939)과 『모렌 출신의 자매들Die Schwestern aus dem Mohrenland』(1963) 등이 있다. 간단하게 말해서 그의 명성은 많은 작품을 썼기 때문만이 아니라, 문학적 형상력이 뛰어났기 때문이기도 하다.

베르겐그륀을 이해하기 위해서는 역사적 격동기의 파란만장한 삶을 통해 드러나는 정신세계와 심리적 음영이 어떻게 반영되느냐에 주목할 필요가 있다. 우선 소설가, 시인, 번역가로서 일반적인 생각이 담긴 회고록을 통해 그의 인생을 엿볼 수 있다. 그의 정신적 세계에서 갖는 존재적 가치에 대한 입장이 『독일여행Deutsche Reise』(1934; 1959)과 『로마 회상기Römisches Erinnerungsbuch』(1949)라는 두 권의 여행기를 통해 진솔하게 드러나고 있다.

베르겐그륀에게 있어서 서사작품은 작은 지역의 역사로부터 큰 세계의 역사를 서술하려는 노력이었다. 진실이 세속적이면서 우아하게, 또는 고귀하면서 교활하게 표현되는 이중적인 모순과 역사서술의 환상적 놀이라는 인식에 기초했다. 표면적 모순성에서 견지하려는 통일성과 역설적인 다양성을 위한 열쇠가 마련된 것이다. 때문에 엄격한 소설적 형식, 역사적 사실이 풍부하게 드러나며, 일반 소설과 장 파울의 아라베스크식 서술방식이 그의 서사작품에서 유지되었다.

그러나 베르겐그륀의 기본적인 서술적 관점은 두 가지 측면, 즉 '역사'와 '자연'에서 비롯된다. 두 개의 영역에서 존재, 진실, 소유가 제외되는 것이 아니다. 도리어 이를 함의하는 물질의 풍요와 사건의 진행은 명료하게 현재화되었다. 따라서 역사와 자연의 영역에서 '영원한 질서'를 찾으려고 했다. 예를 들면, 필요와 결정 사이 역사적 공간에서 윤리적으로 인식되는 존재로서 인간을 다루었다. 인간을 시련과 검증, 시도와 안전, 두려움과 확신, 의무와 은총 사이에서 자신의 입장을 알고자 하는 존재로 파악한 것이다. 당시 과도한 민족주의 시대 작가가 짊어진 역사의 위기, 책임, 시도와 의무 가운데서 나온 시집 『영원한 황제Der ewige Kaiser』(1937; 1951)에 이어 연작 시집 『분노의 날Dies irae』(1945) 등이 이에 속한다.

특히 시인으로서 이탈리아 북부의 평원을 배경으로 쓴 「롬바르디 비가Lombarische Elegie」(1951)에서는 그의 내적, 외적 존재에 대한 명상적 서술이 뛰어나게 그려진다. 말년에 이르러서 베르겐그륀의 시에서는 '신성한 세계관'의 관찰 뒤에 얻게 되는 위기, 의무, 침체에 대한 인식이 자리 잡는다. 즉 존재의 가치는 근시안적 피상성이 아니라, 모든 서술적 대상과 표현의 과정 가운데 숨겨진 본질적인 의미를 깨닫는 것이다. 베르겐그륀의 시에 내포된 위안은 안정의 위안이 아니다. 이는 방랑자로서 물려받을 재산은 없어지고, 더구나 생의 정신적 바탕을 잃어버림으로 인해 체화된 것을 말한다.

베르겐그륀은 스스로를 '일화 형식을 위한 마음'으로 향하도록 했으며, 문어적이라기보다는 마치 기병대 장교처럼 구술적 인간이었다고 고백한 적도 있다. 그는 소설을 인간본성의 원초적 욕구에 따라 표현하려고 했기 때문에 그의 서술적 관점은 생동적인 발전 과정에 사로잡혔다. 그는 많은 위기상황—자신은 인정하지 않았지만—에도 불구하고 불멸의 인간적 근원을 확신하여 줄곧 이를 견지했다. 이처럼 소설의 형식과 작시법은 존재의 허약함에 대한 위로에 관련되어 있다. 달리 말하면, 소재의 극복뿐만 아니라 엄격한 형식 속에 감추어진 창작의 기쁨이었다.

베르겐그륀의 또 다른 독특한 업적 가운데 하나는 다른 동시대인들과 함께 공유했다는 점에서도 발견된다. 랑게서Elisabeth Langgässer, 봐이서Konrad Weiß, 뢰르케Oskar Loerke, 레만 Wilhelm Lehmann, 그리고 크롤로우Karl Krolow와 포인테크 Heinz Piontek 등과 같은 문인들과 교우를 통해 많은 영향을 받았다. 베르겐그륀의 이러한 업적은 존재의 전체, 충만과 위험이 다시 그를 시세계로 끌어들였다는 데 있다. 작가 베르겐그륀의 가치는 형식의 안정성, 멋지고 의미 깊은 사건에서 뿜어져 나오는 기쁨, 훌륭하고 도취된 인생의 명료성, 언어의 즐거움과 매력에서 비롯되었다. 이러한 작가적 정신세계에서 항상 인간적인 것과 창조적인 영역이 감지될 수 있었기 때문이다.

에스토니아문학의 진단과 전망

　　1944년부터 시작된 소련의 두 번째 점령기에서도 발트국의 많은 작가들이 외국으로 떠났다. 에스토니아문학의 경우 소련치하 처음 15년 동안을 특별히 '망명문학Exilliteratur'으로 칭하고 있으며, 당시 망명지의 중심은 스웨덴이었다. **칸그로**Bernhard Kangro(1910~1994)와 소설 『영혼들의 밤Hingede öö』의 저자 **리스티키비**Karl Ristikivi(1912~1977)는 망명문학에서 가장 대표적 인물들이었다. 이들과 달리 잠시 에스토니아에 머물렀던 작가들도 뒤따라 외국으로 나갔거나 아니면, 스탈린주의의 찬양시를 쓰게 되는 등 생존과 문학은 현실적인 상황을 피할 수 없게 만들었다. 이처럼 2차 망명문학은 독일발트문학가가 아니라 발트국 문학가들에 의해 전개되었다.

　　2차 세계대전이 끝나서도 불안한 정세로 인해 얼마 동안 문학은 후유증에 시달렸다. 그러한 시기 가운데 1960년부터 짧은 기간 처음으로 조금 자유화를 느낄 수 있었다. 이때 에스토니아문학을 주도하는 **알베르**Betti Alver(또는 바란디Deborah Vaarandi, 1916~)는 다시 글을 쓰기 시작했으며, 풍자가 **라흐트**Uno Laht(1924~), 소설가 **스물**Juhan Smuul(1921~1971), 서정시인 **루모**Paul-Erik Rummo(1942~), 에세이스트 **카플린스키**Jaan Kaplinski(1940~), 민중적인 전통에 연관시켜 비판적인 시를 쓴 **루넬**Hando Runnel(1938~), **루이크**Viivi Luik(1946~), **사트**Mari Saat(1946~),

비딩Juhan Viiding(1948~), **무트**Mihkel Mutt(1953~) 그리고 연애 서정시에서 주도적인 역할을 하고 있는 **카레바**Doris Kareva (1958~) 등과 같은 신세대 작가들이 등장하였다. 그들은 오늘날까지 에스토니아문학에서 큰 영향력을 행사하고 있다.

반면 **메리**Lennart Meri(1929~)는 정치가로 변하기 전—1992 ~2001년 에스토니아의 첫 대통령—에는 역사소설과 기행문을 집필하였다. 해외에서도 널리 알려진 **크로스**Jaan Kross(1920~ 2007)는 자전적 색채를 띤 역사소설[32]로 유럽, 특히 독일에서 많은 독자를 확보하고 있다. 이들 대부분은 문화적 기억력으로 에스토니아의 역사를 재현하고 있다. 크로스의 경우 역사에서 각인된 독일발트 문화적 요인인 독일어를 작품 곳곳에서 직접 서술하는 다중언어 글쓰기 양식으로 발트국의 문화적 기억을 재생산하였다.

최근 50년 동안 이전 소비에트연방의 위성국이었던 발트3국 가운데 에스토니아 역시 변방, 소외, 약소국이라는 지극히 일반적인 통념만으로도 우리의 관심을 끌지 못했다. 2차 세계대전 이후 반세기 동안 동유럽이라는 보이지 않는 이데올로기적 편견이 작용했는지도 모른다. 파란만장한 역사를 통해 소수민족의 애환과 고통은 언제 어디서든 있어왔고 현실에서도 있으며, 앞으로도 계속될 불가피함이라고 볼 수 있다. 때문에 달리 문학사가 여태까지 그러한 문제에 대한 근본적인 해결책을 마련할 수 없었고, 또 마련할 필요를 느끼지 못한다는 간명한 사실은 시사하는 바가 크다.

덧붙여 오늘날 이들 발트3국에는 자국의 문학사를 새롭게 정립하려는 시도가 독립 후 지속적으로 이루어지고 있다. 2004년 유럽연합의 신입회원국으로 가입한 후 현재에 이르기까지 체계적인 작업이 계속되고 있다. 기존의 문학사적 기술을 배제하는 새로운 패러다임의 시도는 주로 개방형으로서 가상적 텍스트 상호성을 강조하는 디지털 문학사적 기능이다. 이런 문학사는 확정된 윤곽을 지니지 못하며, 어떤 전체성을 띠는 문학사는 그 안에서 생각할 수 없다. 따라서 그의 특성은 이중적이다. 다른 한편으로 문학사는 불가피하게 여러 다른 외국문학과 접목한다는 함의가 발트 지역의 망각된 독일문학과 발트의 지역문학에 대한 의의를 달리하리라 본다.

앞서 살펴본 바와 같이, 에스토니아의 문학비평은 20세기 전환기 당시 현대문학운동과 외국의 현대문학 수용에 대하여 보수적인 태도를 드러냈으며, 문학활동 역시 정통적인 입장을 취하였다. 이 점은 독일의 고전주의와 낭만주의적 전통을 따르는 19세기 말 서정시 부문의 독일발트문학에서도 마찬가지였다. 산문 부문에서는 자신들의 극적인 삶을 서술하며, 자신들의 삶의 고유성을 주장하는 문학이 전개되었다. 그러나 이러한 문학은 지나치게 천편일률적이며 편향된 것으로 인해 문학적 가치를 지니지 못하는 등 한결같이 사실적인 산문형태로 그려나가고 있었다.

동시에 '현대'를 지향하려는 에스토니아문학의 비평은 자신들의 후예들이 발트문학의 관습을 저촉한다고 여겨, 그들에 대해서도 수용적인 태도를 갖지 못했다. '에스토니아문학의 현대성'에서 언급한 슈테른의 작품만 보더라도 당시 주요 흐름과 상관없이 일부분만 수용되었을 뿐이다. 발트 사회와 원만한 관계를 갖지 못했던 카이저링도 처음에는 도외시되었다. 결론적으로 발트문학의 주된 흐름을 바꿔놓기 위해서는 발트 지역의 보수적인 분위기에서 도피할 수밖에 없다는 필연성이 감지되었지만, 발트문화적 특수한 자산은 그대로 유지된 것이다. 에스토니아문학에서 근본적인 입장의 변화를 가져오기 위해서는 카이저링이나 슈테른 등의 주장과 같이 외부로부터 수입해 온 다른 기질만으로는 역부족이었다.

이처럼 당시 에스토니아의 다양한 문학논쟁과 문학활동은 새로운 지평을 열어가는 데 있어 과거 극복이라는 회고와 새로운 정체성 확보라는 전망 사이에 놓여 있었던 것이다. 그로부터 1세기가 지난 21세기 초, 이제는 유럽연합의 회원국으로서 그때와 유사한 상황이 다시 반복되고 있다.

6.3 얀 크로스Jaan Kross의 문학세계

  민족주의나 이데올로기적 편견을 넘어 이를 극복하기 위한 역사적 사실과 실체에 대한 조명은 인류보편적 문화인식에 근거하고 있다. 그 가운데 문화적 기억을 담아낼 수 있는 대표적인 사람은 작가이며, 역사소설은 필연적으로 작가의 국토에 대한 문화적 기억력에 의존하기 마련이다. 일반적으로 조국의 역사를 형상화시키는 작품은 '불충분한 허구적 역사'를 '있을 수 있는 역사적 허구'로 대체하는 의미를 지닌다.

  이런 까닭에 기구한 조국의 운명과도 같은 삶을 살아온 작가 크로스와 더불어 그의 작품세계에 대한 이해는 그의 역사인식과 문화적 기억을 우선적으로 전제한다. 달리 보면, 언어와 기억은 사적인 삶과 공적인 역사가 만나는 장이며, 개인의 정체성과 정치적 권력이 교차하는 지점이기도 하다. 따라서 언어와 기억을 매개로 재현되는 문학은 개인과 집단의 상상력이 발휘되는 미학적 행위의 영역일 뿐만 아니라, 개인의 자아를 형성하고 역사와 시대의 자기이해를 담아내는 매체이기도 하다.

얀 크로스와 그의 조국

얀 크로스

2차 세계대전 이후 냉전 이데올로기가 한창일 무렵 아직 소련의 위성국으로 남아 있는 암울한 시대에 크로스가 생활 공간의 변화를 택한 곳이 탈린이다. 소련 당국으로부터 강제된 투옥과 유배 생활을 끝내고 귀향한 후 몇 년이 지난 다음이다. 그는 현재의 에스토니아 수도 탈린(레발) 근처에서 유년시절을, 1928~1938년 동안 김나지움(상급학교)을, 졸업 후 6년간 타르투(도르파트) 대학에서 법학을 공부하였다. 재학시절 라틴어, 독일어, 스웨덴어, 영어, 프랑스어, 러시아어를 배웠으며, 재학생으로서 독일, 스웨덴, 핀란드와 리투아니아를 여행하면서, 잡지 〈젊은이의 목소리Noorte Hääl〉의 편집동인으로 활동하는 등 일찍부터 글쓰기 재능을 나타냈다.

그러나 1944년 한창 젊은 시절 크로스는 독일 점령군에 의해 구금당한다. 소련의 붉은 군대와 대치를 이루는 동안 석방되어 법학 공부를 마칠 수 있었으며, '법이론'과 '국제법'을 강의했다. 학위논문을 취득하는 동안 1946년 1월, 이번에는 소련군에 의해 체포되어 다음해 10월에 5년간의 감옥형을 선고받는다. 그는 시베리아 '코미Komi'에서 감옥생활을 하고, 이어 '크라스노야르스크 Krasnojarsk' 지역으로 유배당한다. 그러나 마침내 1954년 탈린으로 귀향하게 되며, 당분간 유적지 발굴보조원으로 생계를 잇는다. 이처럼 그가 겪은 기구한 이력을 통해 언어, 민족 그리고 역사에 대한 시각과 인식은 뚜렷하게 각인될 수밖에 없었다.

크로스의 작품은 물론 모국어인 에스토니아어로 쓰였지만, 실제로는 다중언어로 이루어져 있음이 특징이다. 발트문학 가운데 에스토니아문학의 발생과 전개과정에서 드러나는 이중언어 또는 다중언어 사용은 국토의 문화적 기억을 담아낼 수 있는 수단과 재료로서 불가피한 요인이다. 그러나 더 중요한 그의 언어인식은 다름 아닌 모국어에 대한 사랑을, 다른 한편으로 외국어를 통해 역설적으로 모국어를 극복하고 신장시키는 데 있었다. 실제 그의 작품에서 사용되는 외국어는 사건전개에서 필요할 때 나타난다. 특이한 서술적 장치로 볼 수 있다.

이는 다양한 언어와 민족으로 구성되어 있는 유럽에서, 특히 작품 속에서 즐겨 사용하는 외국어 혼용과도 같은 것이고, 비교적 오랫동안 일반화되어왔다. 유럽의 '다중언어주의plurilingualism'는 다문화성의 맥락에서 이해할 수 있다. '다중언어주의'는 일정 수의 언어에 대한 지식이나 일정한 사회 내에 있는 상이한 언어의 공존을 의미하는 '다언어주의'와 구별된다. 다언어주의는 단순히 학교나 교육체계에서 언어 과목을 다양하게 제공하거나, 학생들이 하나 이상의 언어를 배우게 하거나, 또는 국제사회의 의사소통에서 특정 언어―예를 들어, 영어―의 지배적인 위상을 제한함으로써 달성될 수 있다. 반면 다중언어주의는 한 인간의 언어적 경험이 가정에서 사용하는 언어로부터 사회 전체의 언어를 거쳐(학교 혹은 대학교에서 배우거나 직접적인 경험으로 습득한) 다른 민족의 언어에 이르기까지 자신의 문화적 맥락 속에서 확장되어야 한다는 점을 강조한다. 이처럼 언어는 매우 중요한 문화의 한 측면일 뿐만 아니라, 문화의 외형이나 산물에 접근하는 수단이기도 하다.

유럽통합이라는 전환기를 맞이하기 전부터 이미 외국어에 대한 인식은 역사적 실체를 바탕으로 바뀌고 있었다. 오늘날 '유럽통합기준'의 필요성에서 알 수 있듯이, 유럽의 과거와 현재 그리고 미래에서 다중언어주의와 다중문화주의는 일반적인 문화 영역에서도 동일하게 적용된다. 인간이 접근했던 다양한, 즉 국가적, 지역적 또는 사회적 문화들이 인간의 문화적 능력 안에 단순히 공존하기만 하는 것이 아니다. 문화는 서로 비교되고 대비되고 더 풍부하고 통합된 다중문화 능력이 생성될 때 상호작용을 한다는 사실에 근거하고 있다.

그러나 크로스는 모국어가 갖는 언어적 한계, 즉 서술할 대상이나 상황에 대한 모국어 표현이 가질 수밖에 없는 어려움을 역설적으로 다른 언어의 보충을 통해 해결하려고 했다. 다른 한편 다중문화의 특징을 형상화하려고 했던 것이다. 또한 역사적 사건과 배경에서 당시 사용된 언어를 작품 속으로 직접 끌어들임으로써 서술적 긴장, 현실감이나 생동감을 높이려는 기능적 측면도 고려한 글쓰기 수단이다.[33] 특히 줄거리 전개과정에서 나타나는, 독일어로 쓰인 내용은 작품의 이해와 독서행위에 있어서 유의할 점이다.

작가 크로스가 속한 에스토니아의 역사를 간단하게 상징한다면, 국가정체성과 독립을 쟁취하기 위한 수세기 동안에 걸친 투쟁이다. 독립국가를 향한 줄기찬 투쟁은 1920년 소련과 평화조약을 맺음으로써 마침내 결실을 보는 듯했다. 그러나 소련의 부흥과 팽창정책을 앞세운 나치 독일이 걸림돌로 작용하여 다시 역사적 비운을 겪는다. 이러한 외부 영향도 있었지만, 내부의 굴절과 어려움도 컸다. 1934년 수상 패즈Konstantin Päts의 독재정권은 에스토니아의 민주주의를 권위주의로 타락시키며, 1939년 '독소불가침협약'에 따라 소련의 영향권에 놓인다. 소련은 에스토니아의 소련화를 위해 6만 명에 이르는 에스토니아인을 학살, 이주 또는 강제로 추방시킨다.

2차 세계대전으로 다시 주민 40만 명을 잃었을 뿐만 아니라 독립마저 상실한다. 혹독한 수난은 여기서도 끝나지 않았다. 1941년 나치 독일의 점령에 이어, 1944년 소련에 의한 재점령으로 집단농업화를 강요당한다. 수만 명의 에스토니아인을 학살, 강제 이주시키는 스탈린 시대에서도 가혹한 시련은 그 끝이 없는 것처럼 보였다. 그러나 1930년대부터 80년대 말 고르바초프의 '개방과 개혁' 정책이 실시되는 반세기에 걸쳐 피폐해지고 망가진 상황에도 불구하고 여전히 '자유'와 '독립'에 대한 갈망은 식거나 움츠러들지 않았다.

크로스는 우연하게도 조국의 영구적인 독립을 인정한다는 소련과의 평화조약이 체결되던 1920년에 태어났으며, 유년시절까지는 비교적 평온한 시기를 보냈다. 그러나 자의식이 강한 젊은 시절부터 그의 생은 바로 앞서 언급한 암울한 에스토니아의 역사와 함께한다.

역사인식과 작품세계

크로스가 유배생활을 끝내고 34세 나이로 고국에 돌아와서 먼저 한 일이 유적지 발굴보조원이었다. 이때의 체험을 계기로 쓴 소설이 『발굴Väljakaevamised』(1990)이지만, 이를 위해 소요한 세월은 당시 나이만큼이나 되는 36년이나 지나서야 가능했다. 그러나 이보다 앞서 발간된 작품들[34]처럼 일관된 집필은 에스토니아 역사를 소재로 한 국민의 정체성 확인과정과도 같은 기나긴 작업이었다. 그의 중심 주제에 속하는 '자유'와 '생존'을 위한 문학이 어떠한 과정을 거치면서 이루어졌는가, 또한 형상화될 수밖에 없는가를 살펴보는 것은 바로 작가의 문화적 기억력과 역사인식에 대한 진단이기도 하다.

『발굴』에서 작중 화자는 발굴 작업 후 어느 저녁 '탈린 카페'에서 예술사가 륑크Elmar Rünk—에스토니아의 원로 예술가 람 Villem Raam을 모델로 함—를 만나는 것으로 이야기를 시작한다. 여기서 작가는 생존인물인 그를 통해 중세 예술에 대한 인식과 진단을 폭넓게, 또한 현실에 맞게끔 서술하는 형식을 취한다. 1906년 '팜야트 아조바Pamjat Azova' 호에서 봉기한 선원들이 처형되어 묻힌 곳의 발굴에 참가한 시기가 30대 중반이다. 체포와 구금, 투옥과 유배로 점철된 젊은 시절을 통해 조국과 민족 그리고 독립에 대한 의식을 바탕으로 한 소설인 만큼 작품을 완성하는 데 많은 시간이 걸렸다. 크로스는 역사와 현실에 대한 확고한 믿음에서 '실제를 허구화' 시키고, 그렇게 함으로써 '허구가 현실' 이 되는 역사적, 자서전적 소설을 그려내고 있다.

다른 작품 『발트하사르 뤼소브의 삶Kolme katku vahel』 (1970/1980)은 16세기 초 탈린에 거주한 화가이자 조형가인 시토 브Michel Sittow(1469~1525)와 사령관 미헬손Iwan Iwanowitsch Michelson(1735~1807)에 관한 역사적 소재를 바탕으로 쓴 소설[35]이다. 작가 크로스는 소설의 서두에서 외국풍의 곡예사이자 줄 타는 광대의 출연을 뤼소브의 연대기에서 받아들이고 있다.

뤼소브의 아버지 시몬Simon은 당시 30살 초반 농촌으로부터 탈린으로 이사하여 시청사의 마부로 일하면서 살아간다. 당시 곡예사들이 탈린으로 오면, 열두 살 나이의 소년─'발트하사르 Balthasar' 또는 '팔Pall' 이라고 불린─은 지금도 그 모습이 그대로 남아 있는 '올라이 교회' 탑으로 슬금슬금 기어가 광대들에게 힘을 부여하고 안전을 지켜준다는 이슬물을 몰래 훔쳐 마시기도 한다. 자신에게 그러한 마술적인 힘이 미칠 것이라고 믿기도 했지만, 이 가난한 농부의 아들이 중요한 「리프란트 지방의 연대기 Chronica Der Prouintz Lyfflandt」[36]를 서술한 것이다.

그는 청년시절 독일의 슈테틴, 비텐베르크, 브레멘 등지에서 학업한 후 1563년 고국으로 되돌아온다. 이미 40년간 탈린은 루터 교리를 따르고 있었으며, 뤼소브는 1566년 30년간의 부목사직을 마친 다음 탈린의 '성령교구' 시자문관이자 교회의 목사로 부름을 받게 된다. 그는 비로소 에스토니아인으로, 그리고 독일어가 지배하는 도시에서 비독일인으로 지낼 수 있었다. 1600년 죽을 때까지 뤼소브 목사는 '성령교구'를 떠나지 않는다.

이미 몇 세기가 지났지만, 뤼소브가 살던 시대의 모습을, 부서진 석회석으로 된 담장에 둘러싸인 당시 목사의 집을 지금도 볼 수 있다. 시의회 약국과 학교건물 사이에 있는 정원의 동쪽 부분에 낮게 위치한 창문은, 길게 뻗은 교회건물에 이르는 초라한 공동묘지 위를, 성찬대처럼 교탑의 가늘고 뾰족한 첨탑을 향하고 있다.

작가 크로스가 조국에 대한 애국적인 발로로서, 다른 한편으로 자신의 임무로서 그의 연대기를 본 것이다. 그러나 당시 뤼소브는 자신의 연대기를 조심스럽게 독일에서 인쇄하게끔 함으로써—당시 탈린에는 인쇄기가 없었음—소중한 기록이자 역사와의 연결고리를 만들어놓은 것이다. 이후 인쇄기가 탈린에 들어온 다음, 인쇄물에 대해 시의회가 힘들게 승인함으로써 저지독일어로 된 기록[37]이 남게 된다. 이러한 기록, 즉 시의회 의원들의 조언에 따라 당시 시의회 보좌역을 맡은 작가 크로스는 그들의 무지로 거의 방치되다시피 한 에스토니아의 중요한 자료이자 걸작품 읽기에 성공한다.

크로스는 뤼소브에 관한 기록 읽기와 검열을 통해 이를 작품으로 재구성하였다. 400년 전 에스토니아 독립을 위한 투쟁을 기린 작품이라는 점에서 본다면, 오늘날 크로스는 물론이거니와 당시 뤼소브 역시 같은 역사인식을 가졌던 것이다. 그의 작품명 『Kolme katku vahel, Balthasar Rüssowi romaan』처럼 페스트 전염병을 비유하여 스웨덴, 폴란드와 러시아 세 나라 사이에 끼여 부대끼는 에스토니아의 역사를 서술하고 있다. 그가 근 10년(1970~1980)에 걸쳐 4부작을 만들어낼 정도로 심혈을 기울인 작품이다. 그는 소설을 발간하면서도 감사의 말을 빠트리지 않을 만큼 어려움이 컸음을 우회적으로 표현하고 있다.

〈존타크Sonntag〉 신문과 가진 인터뷰에서도 크로스는 시간과 공간 속에서 과거의 연속성을 확인시켜주고 있다. 이미 지나가버린 과거지만, 과거가 머물러 있었던 시점에 현재 우리가 놓여 있음을 강조하려는 의도로 볼 수 있다. 달리 보면, 현재와 역사는 서로 겹치면서 공존한다는 지극히 평범한 주장일 수 있다. 그러나 그의 이러한 주장에는 평범을 너머 특별한 의미가 담겨 있다. "인간들 간의 관계에서 변화가 강조될 경우에도 갖가지 취향의 변화가 있다. 역사적 소재를 다루는 자는 마땅히 과거로부터 오늘날까지의 연속성에 대한 '직감력'을 가져야 할 것이다"[38]라고 말할 정도였다. 이처럼 역사를 해석하고 수용하는, 그리고 역사의 가변성을 인정하는 작가의 역사인식은 확고할 뿐만 아니라 작가로서의 자질과 능력에 기초하고 있다.

소수민족이자 약소국으로서 독립과 자유를 향한 집념과도 같은 작품 『라크베레 소설Rakvere romaan』은 62세가 된 1982년에 발간된다. 여기서 이야기를 이끌어가는 팔케Berend Falcke—역사상 실존인물—는 18세기 60~70년대 티에센하우젠Tiesenhausen 궁정관으로 등장한다. 여주인은 파괴된 기사단의 성의 재산뿐만 아니라 에스토니아인과 독일인으로 나누어진 작은 도시마저 갖고 싶어 한다. 작은 마을이든 도시든, 그곳에 속하는 것이라면 이렇게 불리든 저렇게 불리든 상관하지 않는다. 심지어 쥐들의 보금자리일지라도 어느 하나 놓치고 외면하거나 버릴 수 없는 것들이다. 작가는 화자를 통해 더 구체적으로 기술하고 있다.

> ……몇몇 돌집이며 서른 내지 마흔 개나 되는 목조집, 도시의 동쪽 언덕과 오늘날 솔리카스로 불리는 린살 근처 서너 갈래 거리에 접해 있는 교회 하나, 목사관들이다.[39]

> ……das sind einige Steinbauten und dreißig oder vierzig Holzhäuser, eine Kirche und ein Pastorat am östlichen Abhang des Burgbergs und an die drei oder vier Straßen am Rinnsal, das hier Soolikas genannt wird.

다른 작품과 마찬가지로 역사적 사실과 당시 실존 인물을 바탕으로 한 소설적 재구성이다. 러시아의 침공과 파괴로 겪는 고통과 절망, 그리고 자유를 찾기 위한 투쟁이 티에센하우젠 주변을 중심으로 형상화되어 있다. 소설 속 등장인물의 구분이나 차이를 찾는 일은 별다른 의미가 없다. 그의 소설에서는 특히 그렇다. 기존의 역사적 사건에 채색하는 서술적 자아와 기법은 다른 역사소설과 큰 차이를 드러내지 않는다. 반면 주제화시키려는 작가의 서술적 의도는 전혀 다른 양상을 띤다.

　궁정관 팔케를 통해 크로스는 영웅적 태도에 계략과 사랑을 섞어가면서, 매우 지루하게 사건을 전개시키고 있다. 스웨덴 왕 아돌프Gustav Adolf가 그들에게 봉토로 주었던 베젠베르크(Wesenberg; Rakvere)를 자산으로서 되찾기 위한 반박문, 변호사 서신, 그리고 당시 자유시민이기를 원하는 에스토니아인과 독일인의 권리 가운데서 보상을 위한 조사를 하며, 라틴어로 된 옛 문서를 번역해서 그것을 독일 출신 러시아 여황제 카타리나Katharina[40]에게 청원하도록 짐을 싸게 하는 모습도 드러난다. 비록 약소국으로 침략을 당해서 핍박을 받을지라도, 또한 끊임없이 이어지고 반복되는 수난 속에서도, 그들은 그들의 언어를 통해 자신들의 정체성을 확보하려는 노력이 바로 생존이자 자유를 향한 염원이며, 역사적으로 운명 지워진 삶 그 자체인 것이다.

문화적 기억력

　신생독립국 에스토니아의 작가 크로스가 서방세계에 본격적으로 알려진 계기로는 활발한 작품 활동과 독립과 자유를 향한 불굴의 정신 탓도 있지만, 1990년 서방세계에 독일어로 번역된 소설 『황제의 미치광이Keisri hull』[41]의 영향을 들 수 있다. 이는 당시 베를린 장벽이 무너지고, 동유럽이 옛 소련의 위성국으로부터 독립하기 시작하는 역사적 전환기에 맞물려 주목을 받게 되었다. 그 연장선에서 그들의 숨겨진 목소리와 굴절되어온 역사, 민족에 관심을 갖게 되었기 때문이다. 적어도 문학 영역에서는 역사적 실체와 그것을 형상화하려는 주제에 대한 관심이었다.

　이 소설의 역사적 배경은 18세기 후반과 19세기 초반 오버팔렌(Oberpahlen; Põltsamaa) 근방 남서쪽 보이세크(Woiseck; Võisiku)에 위치했던 보크Bock가(家)의 존재이다. 당시 봉건 영주로 네 개의 마을과 200개가 넘는 정원을 가진 11,000헥타르 궁정과 10,500헥타르 농장을 소유하고 있었으며, 이는 당시 봉건귀족정치를 하는 데 충분한 재산에 속했다. 티모테우스는 쿤드루사레Kundrussaare 가까이 작은 공동묘지에 묻혀 있다. 비석에는 생존 시기가 '1787~1836'으로, 바로 옆에는 부인 에바Ewa Catharina von Bock의 묘가 나란히 놓여 있다.

　부인은 에스토니아 출신이며 마부의 딸이었지만 티모테우스는 평민과의 결혼을 관철시킨다. 소설에서도 같은 내용이지만, 민족

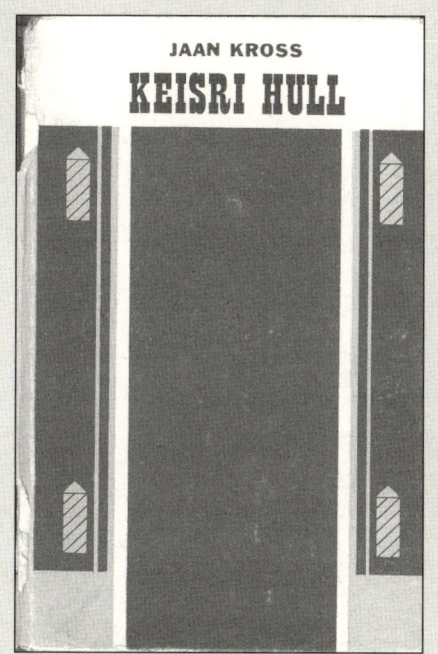

얀 크로스의 책 표지(원본과 독일어 번역본)

애의 한 요소로서 신분과 계급을 타파하려는 그리고 공동체의 일체감을 엿볼 수 있다. 그러나 당시의 영화는 사라지고 오늘날에는 인구 5,000여 명의 작은 마을에 불과한 초라한 모습니다. 이곳에 들르면 소설의 주요 무대인 영주의 저택이 몇 번에 걸쳐 개축하여 지금은 정신병원으로 쓰이고 있음을 볼 수 있다.

소설의 주인공이자 실존 인물이었던 보크Timotheus Eberhard von Bock는 1812년 침략자 나폴레옹과 치른 전쟁에서 뛰어난 활동을 보여주고 러시아 황제의 신임을 얻는다. 그러나 1818년 보크지역 사령관이자 차르의 시종무관인 그가 알렉산더 1세에게 보낸 진정서(각서) 사건이 발생한다. 변함없이 차르에게 진실만을 말할 것을 약속하는 내용이었다. 하지만 알렉산더 1세는 그런 행위가 도리어 황제를 모욕하는 것으로 판단하여 9년 동안이나 요새에 감금시켜버린다. 여기에 그치지 않고 차르는 장갑실과도 같은 요새에 갇혀 있는 보크에게 날개 하나를 보내는 등 짓궂은 짓을 한다. 철저하게 죄인을 가족들과 멀리 떨어뜨리는 가혹한 조치를 취한 것이다. 그러나 차르의 후계자 니콜라우스 1세는 보크를 석방한다. 1827년 보크는 망가지고 피폐해진 몸으로 고향 땅에 돌아온다.

물론 역사적 사실을 간략하게 정리한 것이지만, 이는 크로스 자신이 겪었던 운명과도 같은 것이다. 따라서 다른 어느 작품보다 자서전적인 요인이 많다. 이 소설은 서방세계에 알려지기 22년 전 소비에트연방 브레즈네프 집권 후기에 해당되는 1978년에 비로소 발간된다. 소설은 역사기행처럼 19세기 초로 독자를 끌어들인다. 작가는 화자로서 역사적 실존인물인 야콥 메티크Jakob Mättik와 티모테우스 보크Timotheus von Bock—애칭은 '티모'—를 주인공으로 설정한다. 그리고 화자의 여동생이자 티모의 아내인 에바Eeva를 함께 등장시킴으로써 현실과 소설적 환상[42] 사이에서 독자로 하여금 중심인물을 통해 펼쳐지는 역사적 허구에 친밀감을 느낄 수 있도록 한 것이다.

화자는 천장 널빤지 바닥 뒤에 숨겨져 있는 망명록 사본을 발견한다. 그것은 '1818년 봄' 이라는 날짜로 차르에게 보낸 것이었다. 거친 불어로 이미 변색되어 알아보기 힘든 60쪽에 달하는 글에서, 울부짖는 소리와 번뜩이는 비상한 생각들, 의심이 가는 역사적 부언, 가차 없는 비난, 심지어 위협적인 문투까지 드러난다. 이것이 비록 사실일지라도 부분적으로는 미친 짓에 가까운 행위처럼 보였다.

이처럼 화자를 통해 역사적 소재와 사건을 재구성했다는 점에서 작가의 강한 문제의식이나 역사관을 읽을 수 있다. 과거의 현대적 해석이라 할 수 있는 '역사의 허구' 이지 '허구의 역사' 가 되어서는 안 된다는 신념이 작품구성과 서술관점의 실질적인 변화를 가져오게끔 한 것이다.

우리는 6년 전 황제 폐하를 신성로마제국의 우두머리로 만들기 위해 피를 흘리거나 우리의 재산을 바치지 않았지. 우리의 명예와 체면을 지켜왔어. 러시아 민족은 황제 폐하에도 불구하고 러시아와 유럽을 구해냈거든. 민족이 그렇게 하려고 했기 때문에 귀족이 지배권을 넘겨받았으며, 황제는 이것을 방해할 수 없었지……. 손에 칼을 들고 우리는 우리가 호흡할 수 있는 공기를 쟁취했지. 대신 희생의 대가로 우리의 형제들은 학살되었고, 도시와 마을은 약탈당했지. 우리는 모든 것, 또한 민족의 일상 식량에 대해서도 그들의 아량에 빚을 지고 있는 황제가, 그의 아버지가 늘 특정한 사람들을 대접하는 것과 같은 일을 하고 있다는 것을 견딜 수 없었어……. 때문에 귀족은 국민의회의 소집을 요구한 것이야. 그들은 다른 사회계층과 함께 필요한 법률을 공포하기 위해 이것을 요구한 것이지. 왜냐하면 여태까지 우리는 법률을 갖지 않았기 때문이지.[43)]

Wir haben vor sechs Jahren nicht unser Blut vergossen und unsere Habe geopfert, um Seine Majestät zum Vorsitzenden der Heiligen Allianz zu machen. Wir haben unsere Ehre und Würde verteidigt. Das russische Volk hat Rußland und Europa gerettet, trotz Seiner Majestät. Denn das Volk wollte es, der Adel übernahm die Führung, und Seine Majestät vermochte es nicht zu verhindern… Mit dem Schwert in der Hand erkämpften wir uns die Luft, die wir atmen. Um den Preis unseres Blutes, unserer ermordeten Brüder und

unserer geberndschatzten Städte und Döefer. Wir dulden es
nicht, dass Seine Majestät, die für alles, auch für ihr täglich
Brot, der Großmut des Volkes Dank schuldet, selbiges
behandelt, wie der Vater Seiner Majestät bestimmte
Personen zu behandeln pflegte... Darum fordert der Adel
die Einberufung einer Volksversammlung. Er fordert dies,
um zusammen mit den anderen Volksschichten die
notwendigen Gesetze zu erlassen. Denn bisher haben wir
keine Gesetze.

『황제의 미치광이』에서 티모테우스는 황제에게 54개의 조항을
들어 러시아 헌법을 비난한다. 아주 뛰어나게, 품위를 갖추면서,
이기적이지 않은 태도를 견지하지만, 자기 자신의 도덕적 구원을
위한 가차 없는 자기중심적 시도도 드러난다. 감옥에서 풀려난 주
인공은 엄중한 감시를 받는 것으로 되어 있다. 그의 가장된 미침과
부인의 돌봄이 그를 지탱해준다. 미치지 않고서, 아니 미친 척하지
않고서 어찌 민족과 조국의 슬픔을 달리 항의하고 해소하며 자신
을 지탱시킬 수 있었겠는가. 아들 위리Jüri는 차르의 저택에서 교
육을 받게 하고, 티모테우스 부부는 페르나우 항을 거쳐 외국으로
가족의 탈출 길을 인도할 메티크와 결합한다. 그러나 주인공은 마
지막 순간 움찔 놀라면서, 물러선다. 그러면서 "복수하기를 원했던
사람들만이 외국으로 떠나갔다. 반면 '근본적으로 중요한 것etwas

Wesentliches' 을 원하는 자는 고국에 남는다" 라는 말을 던진다. 다음 말은 그런 면에서 의미심장하다.

야곱, 내 말을 이해 못하겠지요? 키티(부인에 대한 애칭), 당신은 당연히 이해해야 돼! 이것이 바로 황제와 황제 제국과의 싸움이지. 우리가 가지고 있는 것으로 말이오……. 난 신께 감사해. 신이 나에게 이런 힘을 부여했으며, 이렇게 결정하도록 했거든. 신이 나로 하여금 파악케 한 것은 내가 남의 나라에서 무엇을 할 수 있단 말인가?! 알릴 만한 것을 인쇄할 돈도 없는데. 그리고 내가 무슨 일을 일으키더라도 내 소식이 여기까지 도달하진 못할 거야. 허나 내 소식이 여기까지 도달한다면, 그것은 많은 이들에게 배신자의 소식이 될 거야! 아니지, 아니지, 이미 사라졌다면 스위스가 아니라 저곳이지", 그는 창문 뒤 어둠 속을 가리켰다. "이르쿠츠크이거나 우리와 다른 사람들이 있는 더 먼 곳 말이야. 하지만 나로서는 사람들이 있어 달라고 요구하는 곳에 머무는 것이 유일한 정의거든. 그곳에 있는 것–황제 제국의 살 속에 꽂혀 있는 철못처럼…….[44]

Jakob, verstehst du denn nicht? Kitty, du solltest es verstehen: Das ist meine Schlacht - mit dem Zaren, mit dem Zarenreich, mit dem, was wir haben ... Ich danke Gott, daß

er mir die Kraft verliehen hat, diesen Entschluss zu fassen.
Daß er mich begreifen ließ: Was könnte ich im Ausland
tun?! Ich habe kein Geld, um etwas zu publizieren. Und
triebe ich welches auf, würde meine Botschaft nicht bis
hierher dringen. Und falls sie es dennoch täte, wäre sie für
viele die Botschaft eines Verräters! Nein, nein, wenn schon
weggehen, dann nicht in die Schweiz, sondern dorthin", er
wies in die Dunkelheit hinter den Fenstern, "nach Irkutsk
und weiter, wo die anderen sind. Aber für mich ist es das
einzig Richtige, dort zu sein, wo man mich zu sein zwingt.
Dort zu sein - wie ein eiserner Nagel im Fleisch des
Zarenreiches...

역사에서는 티모테우스를 러시아 황제에 가장 적극적인 방법으
로 대항하는 인물로 기록하고 있다. 그러나 작가는 위에서처럼 '어
느 정도의 영웅적인 행위'를 실제 이상으로 기린 것이다. 작품에서
작가는 '포기'와 '저항'에 대한 '상Bild'을 배타적으로 특이하게
각인시키고 있다. 주인공은 체포되기 전 도망을 갈 것인지, 남아
있을 것인지, 조언을 구했던 친구 팔렌Pahlen의 집에 있는 독특한
허브향 등자(燈子)나무를 떠올린다. 당시 차르 저택에서 미타우
(Mitau; Jelgava)로 유배당한 팔렌이 바로 이 등자나무―전 유럽에
서 가장 북쪽에서 자라는―에 대한 사랑 때문에 머물렀을 것이라

고 주인공은 생각했다. 이는 크로스가 에스토니아 전체를 사랑하고 있음이다. 이러한 애착과 집념은 그의 창작적 글쓰기에 있어서 끊임없는 자극제이자 원천적인 힘이 되었다.

역사적 사실에 근거한 소설 『황제의 미치광이』는 『라크베레 소설』처럼 차츰차츰 독자의 관심을 끌게 되었다. 또한 비이성적인 주인공의 열정과 책략에서 벗어나 에스토니아인들의 일상세계를 잘 드러내주는 화자 메티크에게로 관심이 쏠리는 것은, 그가 남성과 안전한 세계로 지위를 상승시키면서도 작은 생활공간에서 자신의 행운을 구하고, 때론 혼란스럽지만 멀리 내다볼 수 있으며, 어느 정도 현명한 행동을 하기 때문이다. 작가는 다시 화자와 등장인물 속으로 자신을 감추어 1984년에 『마르텐스 교수의 여행Professor Martens' Abreise』을 내놓는다.

대략적인 줄거리는, 기차에 실려 고향 페르나우(Pernau; Pärnu)에서 발크(Walck; Valga)를 거쳐 계속 더 넓은 세상 페테르부르크(St. Perterburg)로 마지막 여행을 하는 마르텐스Friedrich Fromhold Martens의 이야기이다. 실존인물 마르텐스는 에스토니아 구두수선공의 아들로, 헌법분야의 경험이 많고 숙련된 전문가로 성장한다. 노벨평화상 수상의 유력한 후보자로 거론되었지만, 그는 자신의 성실함을 중히 여겼으며, 또한 기회주의자로서 화려한 경력을 쌓는 인물로 평가되고 있다.

이 작품 역시 국토에 대한 문화적 기억들을 담아내고 있다. 기억 가운데 독일발트 지역의 문화를 생산하고 이끌었던 독일어를

작품 속에 재현시키고 있음은 주목할 점이다. '지역–언어–문화'
가 문학적 토양이며, 국토의 문화적 기억을 온전하게 보존시키는
중요한 실체이자 전제이기 때문에 작가의 작품세계는 이러한 인식
에 기초한 것이다.

작가의 열린 세상과 관용

크로스의 작품에 나오는 등장인물은 시간과 공간을 넘나드는 기억 속에서 살고 행동한다. 그들이 현재 땅을 딛고 살고 있는 집, 고향, 그리고 생채기를 안은 국토일지라도 어디든, 언제든 현장의 기억으로부터 무시간성으로 각인된다. 어떠한 전쟁도, 어떠한 점령도 이러한 기억을 파괴할 수 없다. 다수든 소수든 사람들이 현장의 기억을 그들의 현실적인 삶과 결부할 때에야 비로소 자기의식적인, 즉 주체적인 시민으로서 우선 자신의 나라에서, 그리고 이웃나라들 가운데서, 유럽에서 안전을 얻게 된다는 신념이다.

즉 크로스가 작품세계를 통해 보여주었던 작가의 역할과 정신에 대한 평가는 자서전적 역사소설에 국한될 수 없다. 그는 에스토니아인들에게 그들의 역사를 재현했다고 해도 과언이 아니다. 만약 에스토니아가 다시 자신을 발견하고, 아직 미완의 국가, 민족, 언어에 대한 정체성을 확보한다면, 이웃나라들 사이에서 그들과 함께 역사의 얽힘과 설킴으로부터 안전을 얻는다면, 억압과 핍박 그리고 유배를 통해서도 올바른 안전한 진행으로 받아들이고 유럽에 속하는 민족과 국가로서 에스토니아가 부흥을 경험한다면, 이는 전적으로 작가의 불굴의 정신에서 비롯됨을 의미할 수 있다.

앞선 역사의 굴절을 역력히 담아낸 실존 인물들과 소설 인물들을 통해 면면히 이어지는 에스토니아는 아프게도 많은 사람들이 고향을 떠나 고국을 등졌으며, 억울하게 처형당하거나 죽임을 당했다. 또한 오늘날에도 불안한 모습을 보이고 있다. 이 점에 대해 크로스가 1997년 말 신축 에스토니아 국립도서관 스위스관 개장 때 행한 말이다. "범람하거나 휩쓸려서 한 민족 자체가 사라지는 위험을 에스토니아인들은 오늘날까지 믿지 않았다.Die Gefahr, überflutet zu werden, weggefegt zu werden, als ein Volk für sich zu verschwinden, haben die Esten bis heute nicht verlassen." [45)

즉 이 땅에 살아남느냐, 아니면 사라지느냐 하는 상황에는 늘 의식 있는 에스토니아인들이 "있었으며, 있으며, 있을 것이다"라 는 증거와 증인을 크로스는 기록했던 것이다. 크로스는 민족과 국 가가 존망의 기로에 있을 때나 핍박과 억압의 한가운데 서 있을 때 나 시민과 농부들의 자유를 위해, 그리고 열린 세상Weltoffenheit 과 관용Toleranz을 위해 작품의 등장인물들에 근원하는 역사적 실 존인물들이 결정적인 역할을 하였다고 본 것이다. 그들이 작품 속 에 형상화된 뤼소브Balthasar Rüssow, 보크Timotheus von Bock, 팔케Berend Falcke, 마르텐스Friedrich Fromhold Martens, 미르크 Peeter Mirk, 무리크-부올리요키Murrik- Wuolijoki 등이다.

이와 같은 작가 크로스의 현실성은 '자유'와 '독립'이라는 믿 음과 꿈에 집착해 있으며, 또한 이러한 믿음은 현실에 깊이 뿌리박 고 있다. 현실과 꿈 사이에서 일상적으로 채워지는 숱한 이야기들 이 나직하게 자세를 낮추어 거의 눈에 띄지 않게 펼쳐진다. 반면 교묘하게 눈짓을 하고 종종 긴장되게 사건을 이어가지만, 줄곧 느 리고 자세하게, 다른 한편으로는 부드럽고 민감하게 전체의 흐름을 처리하고 있다. 시간의 흐름 속에서 감지할 수 있을 정도로 서술문체는 강물처럼 흐른다. 그러나 타르투 대학에서 국제법을 연구하고 역사기록에 유의했던 까닭에 현재를 위한 과거의 힘을 발견하고, 이를 형상화할 수 있었다. 이런 측면에서 크로스는 국토에 대한 문화적 기억력을 최대한 활용한 작가이자 국민 계몽자이기도 하다.

주 | 참고문헌 | 색인

주

1) Hellmuth Weiss(1900~1992)는 저서 『반라트-클의 1535년 교리문답서 Wanradt-Kõlli katekismuse katked 1535. aastast』(첫 출간은 Tartu 1931; 이어 New York 1965)에서 「루터교 카데키즘」이 최초 에스토니아어 교리문답서임을 밝히고 있다.

2) 원 제목은 'Carmen Alexandrinum Esthonischicum ad leges Opitij poeticas compositum' 임. 참조, Friedrich Scholz, 같은 책, 217쪽.

3) Zitiert nach: Jeannot Emil Freiherr von Grotthuss, Das baltische Dichterbuch. Eine Auswahl deutscher Dichtungen aus den Baltischen Provinzen Rußlands mit einer literaturhistorischen Einleitung und biographisch-kritischen Studien, hrsg. von J.E. Grotthuss, Reval 1895, XXXIX쪽. 참조, Klaus Garber und Martin Klöker (Hrsg.), Kulturgeschichte der baltischen Länder in der frühen Neuzeit, Tübingen 2003.

4) Robert-Hermann Tenbrock, Geschichte Deutschlands, 3. überarb. Aufl., München 1977, 159쪽: "In der Sturm-und-Drang-Periode gab sie den Deutschen erstmals ein geschichtliches und nationales Bewußtsein."

5) 위와 같은 책, 156쪽.

6) 1부는 1784년, 2부는 1785년, 3부는 1787년, 4부는 1791년에 나왔다. Walter Victor (Begr.), Herder. Ein Lesebuch für unsere Zeit, Berlin und Weimar 1989, XIX쪽.

7) 25세의 헤르더가 일기형식으로 쓴 것이지만, 1846년에 이르러서 아들

에밀Emil에 의해 아버지의 '삶의 모습Lebensbild' 이라는 이름으로 발간되었다. H. G. Herder, Journal meiner Reise im Jahr 1769, Nachwort und Anmerkungen von Lutz Richter, Leipzig 1972, 153쪽.

8) Johann Gottfried Herder, Ideen zur Philosophie der Geschichte der Menschheit, hrsg. von Martin Bollacher, Frankfurt am Main 1989. 여기서는 4. Teil, 16. Buch, II (Finnen, Letten, und Preußen; 687~689쪽): "Das Schicksal der Völker an der Ostsee macht ein trauriges Blatt in der Geschichte der Menschheit." (688쪽)

9) Herders Sämtliche Werke: Journal meiner Reise im Jahr 1769, hrsg. von Berhard Suphan und Carl Redlich, Bd. 4, Berlin 1877, 362~363쪽.

10) 같은 책(HSW 4, 363쪽 그리고 401쪽): "······dieser Genius Lieflands zu werden, es todt und lebendig kennen zu lernen, alles Pg ktisch zu denken und zu unternehmen, mich anzugewöhnen, Welt, Adel und u denken zu überreden, auf meine Seite zu benngen wissen [······] Könnte es(Livland) ng kt der Sitz und die Niederlage der Freiheit und der Wissenenkaft werden, wenn auch nur gewisse Plane einschlagen?"

11) 2009년 노벨문학상을 수상한 작가 헤르타 뮐러Herta Müller가 바로 루마니아-독일어를 사용하는, 즉 루마니아 독일계 소수민족이 사는 바나트 지역 출신이자 그곳에서 대부분 문학활동을 했음.

12) Brockhaus Enzyklopädie in vierundzwanzig Bänden, 19. völlig neubearb. Aufl., Mannheim 1988, 5권, 292쪽.

13) 〈Baltische Monatsschrift〉, red. von Theodor Bötticher und Alexander Faltin, Riga 1881, XXVIII, 96쪽.

14) Red. von Wilhelm Greiffenhagen, Friedrich Russov und Oskar Riesemann, Reval.

15) Hrsg. und Red. von Ernst Seraphim.

16) Gustav Suits, Balti kirjandusloo katse, in: Vabaduse väraval, Tartu 2002, 173~191쪽. 여기서는 187~190쪽.

17) Jaan Undusk, Verbindungen zwischen Estland und den Deutschen auf dem Gebiet der Literatur, in: Tausend Jahre Nachbarschaft. Die Völker des baltischen Raumes und die Deutschen, hrsg. von Wilfried Schlau, München 1995; Jaan Undusk, Die Geburt der estnischen Nationalliteratur aus dem Hamann-Herderschen Geiste, in: Keelest ja Kirjandust 2/1995.

18) Epp Annus, Kirjanduskaanon ja rahvuslik identiteet, in: Keel ja Kirjandus, nr. 1, Tartu 2000, 15쪽.

19) Anton Tammsaare, Jutustused III, Tallinn 1962: Die lebenden Puppen, aus dem Estnischen von Barbara und Friedrich Scholz, München 1979.

20) Liina Lukas, 「Estnische Literatur und die deutsche Moderne」(2004년 11월 25일 괴팅엔 대학에서 개최된 학술대회 발표문)

21) 1905년에 선언한 '젊은 에스토니아'의 문학강령 제19항(Noor-Eesti 1905: 19): "Wir wollen diese Ziele und Formen suchen, zu denen uns einerseits der Geist, die natürlichen Anlagen und Bedürfnisse unserer eigenen Nation, anderseits die europäische Kultur leitet." 참조, 같은 책.

22) 재인용: 같은 책, "Auch in Estland hat der Prozess der Europäisierung der Produktionsverhältnisse und der Modernisierung des Gedanken- und Seelenlebens der Menschen begonnen."

23) Jaan Oks, Kriitilised tundmused eesti vanemat ja uuemat kirjandust lugedes. Noor-Eesti(1905~1915; Tartu), III, 1909, 198쪽.

24) Anton Hansen Tammsaare,『Ma armastasin sakslast』, Tartu 1935. Deutsche Übersetzung :『Ich liebte eine Deutsche』, Tallinn 1977,

55~56쪽.

25) Leopold von Schroeder, Neue Belletristik, in: Baltische Monatsschrift, hrsg. v. Arnold von Tideböhl, XLV. Band, Riga 1898, 168쪽.

26) 같은 책, XLVII. Band, Riga 1899, 225쪽.

27) Friedebert Tuglas, Kirjanduslik stiil, in: Kogutud teosed, nr. 7, Tallinn 1996, 52쪽: "Da es bei uns keine Grossstädte gibt, haben wir uns die kulturellen Stimmungen der Stadt und grosser Welt eigentlich zu theoretisch, indirekt, durch Btadung, durch fremde Literatur und Kunst angeeignet. Wir haben uns bisher s Schaffen der europäischen Kunstwerte nicht beteiligen kötern. Nichts verbindet uns mit der Gescopchte dieser Werte. Wir sind theoretische Europäer. Es gibt ein erues abstraktes Lebensgefühl, aber keine entsprechenden Äusserungen i wirklichen Leben. Es entwickelt sich eine Verfeinerung, eine Europäisierung der E pfindungen und Begriffe, aber das Leben, das diesen E pfindungen und Begriffe entsprechen und damit zeitgemässen literarischen Stoff und literarische Sprache anbieten würde, ist nicht so weit entwickelt." (Aus dem estnischen Originaltext)

28) Anton Hansen Tammsaare, Meie 'noortest' kirjanduses, in: Kogutud teosed, nr. 15, Tallinn 1986, 217쪽: "Die Ursache der Eosetehung der neu쪽: "Die Ursache derrömung ist am natürlichs derierder ?Die Uturrder anderen Völker zu suchen." (Aus dem estnischen Originaltext)

29) Friedebert Tuglas, Kirjanduslik stiil, in: Kogutud teosed, nr. 7, Tallinn 1996, 54쪽: "Aber das, was unserer eigenen Literaturgeschichte fehlt, muss die Geschichte der Weltliteratur ergänzen." (Aus dem

estnischen Originaltext)

30) Friedebert Tuglas, Felix Ormusson. in: Kogutud teosed, nr. 3, Tallinn 1988, 102쪽: "Jeder Detail des Lebens bekommt seinen Sinn, während das Ganze den Sinn seiner Existenz verliert." (Aus dem estnischen Originaltext)

31) Arthur Usthal, Estnischer Brief, in: Das literarische Echo, hrsg. v. Ernst Heilborn, 14. Jahrgang(Okt. 1911~Okt. 1912), Berlin, 200쪽.

32) 『Kolme katku vahel; Das Leben des Balthasar Rüssow』(1970~1980), 『Keisiri hull; Der Verrückte des Zaren』(1978), 『Rakvere Romaan; Die Frauen von Wesensberg oder Der Aufstand der Bürger』(1982), 『Väjakaevamised; Ausgrabungen』(1990) 등.

33) 예를 들어, 작품 『Kolme katku vahel』(1970~1980)에서 쓰인 다중언어로 라틴어, 독일어, 스웨덴어, 그리스어, 스페인어, 이탈리아어 등을 들 수 있다. 그 가운데 작품의 시대적 배경에서 지배적인 언어인 저지독일어로 된 자료 인용과 문장은 필수적인 서술수단이다. 다른 작품 『Keisri hull』(1978)에서는 독일어, 프랑스어, 영어, 라틴어, 이탈리아어, 러시아어 등이 함께 들어 있다. 즉 작품의 시대적 배경에 따라 언어사용은 다르다. 그러나 독일어를 제외한 다른 언어는 인명, 지명, 관용어, 통용어로 줄거리 전개상 필요한 만큼 간단하게 사용되고 있다.

34) 『Taevakivi』(1975), 『Kolmandad mäed』(1975), 『Keisri hull』(1978), 『Kolme katku vahel』(1970~1980), 『Rakvere romaan』(1982), 『Professor Martens' Abreise』(1984), 『Vastutuulelaev』(1987), 『Wikmani poisid』(1988) 등을 줄기차게 발간했다.

35) 1578년 뤼소브Rüssow에 관한 원본 연대기를 바탕으로 한 역사적 단편 『Vier Monologe Anno Domini 1506』(Berlin und Weimar: Aufbau 1974, Helsinki: Otava, Stuttgart: Klett-Cotta 1985): 에스토니아의 초판 『Neli monoloogi Püha Jüri asjus』(1970)와 『Michelsoni

Immatrikuleerimine』(1971)을 바탕으로 쓰인 장편, 『Kolme katku vahel』(원뜻은 '세 곳의 페스트 지역 사이에서')을 가리킨다. 4권으로 된 독일어 첫 번역본 『발트하사르 뤼소브의 삶Das Leben des Balthasar Rüssow』(aus dem Estnischen von Helga Viira und Barbara Heitkam)은 1986년 Rütten & Loening(Berlin) 출판사, 이후 1995년 Hanser(München) 출판사 등을 거쳐, 1999년 dtv(München)에서 한 권으로 나옴.

36) 당시의 인명 표기는 Balthasar Russow(1542~1600)이며, 여기서 'Prouintz' 또는 'Provintz'는 오늘날 'Provinz'이다. 그가 저지독일어로 쓴 16세기 가장 중요한 산문작품으로 1578년에는 Rostock에서, 같은 해에 보충되어 1584년에는 Barth(in Pommern)에서 인쇄되었음. 참조, Friedrich Scholz, 같은 책, 87쪽.

37) 이후 『Scriptores rerum Livonicarum II』라는 새로운 판은 저지독일어로 어휘, 인명, 지명 주해를 곁들여 1848년에야 나온다.

38) 〈Sonntag〉, 1986년 11월 9일, 10쪽: "Bei den vielbetonten Änderungen in den Verhältnissen der Menschen sei doch viel Kostümwechsel. Wer sich mit historischen Stoffen befasse, müsse das Gespür haben für die Kontinuität von der Vergangenheit ins Heute." Zitiert nach: Dietmar Albrecht, Jaan Kross, in: Zeitschrift der Ostsee-Akademie 〈Mare Balticum〉, Lübeck 2000, 5쪽. 이는 2000년 2월 19일 크로스의 80회 생일을 맞아 1999년 11월 Lübeck에서 개최한 '에스토니아인과 독일인의 만남'이라는 주제 하에 발표한 글임.

39) Jaan Kross, Die Frauen von Wesenberg oder Der Aufstand der Bürger, aus dem Estnischen von Helga Viira, München 1997, 22쪽.

40) 러시아 페테르부르크에서 재임했던 당시의 황제들은 다음과 같다. 먼저 표트르 3세의 왕비였으며, 이후 여황제가 되어 러시아 근대화를 이끈 Katharina II.(1762~1796, 러시아어로는 예카테리나 2세), Paul

I.(1796~1801, 파벨 1세), Alexander I.(1801~1825, 알렉산드르 1세), Nikolaus I.(1825~1855, 니콜라이 1세) 등이다.

41) 1978년 탈린에서 출간되었으며, 독일어 번역본 『황제의 미치광이Der Verrückte des Zaren』(aus dem Estnischen von Helga Viira, München 1990)가 Hanser 출판사, 1994년과 2003년에는 dtv에서 나옴. 책 표지 그림으로 야로셴코Nikolaj Alexandrowitsch Jaroschenko가 1878년에 그린 「포로Der Gefangene」가 선택되었다. 차가운 벽돌 감옥에 갇혀 있는 초췌한 포로가 한쪽 벽 위에 걸려 있는 황혼 빛이 안으로 스며드는 광경을 턱을 괴고 바라보는 모습이다. 사실주의적 묘사와 색채로 인해 어둡고 절망적인 분위기가 한 가닥 희망과는 어긋나게 교차되어 있다. 오히려 암울하고 절망 속에 놓인 체념과도 같은 느낌이 강하다.

42) 메티크의 일기에서 현실과 환상 간의 경계 문제, 즉 작가는 진실과 환상 간의 경계에 대한 자신의 관계는 자료를 검증할 수 있었거나 검증할 수 없었던 것과 거의 같음을 독자들에게 인정하고 있다. Jaan Kross, Der Verrückte des Zaren(aus dem Estnischen von Helga Viira), 2. Aufl., München 2003, im Nachwort 394~395쪽.

43) Jaan Kross, Der Verrückte des Zaren, 같은 책, 116쪽.

44) 같은 책, 315~316쪽.

45) 이는 그의 작품 『Das Leben des Balthasar Rüssow』, 513~515쪽에서도 확인할 수 있다. 즉 아버지의 죽음으로 고국으로 돌아가려는 주인공 뤼소브를 슈테틴 대학의 학우 숨Johannes Sum이 말리는 데에 완강하게 대응하는 부분이다.

참고문헌

〈Baltische Monatsschrift〉, red. von Theodor Bötticher und Alexander
 Faltin, Riga 1881, XXVIII

〈Sonntag〉, 1986년 11월 9일

Annus, Epp: Kirjanduskaanon ja rahvuslik identiteet, in: Keel ja
 Kirjandus, nr. 1, Tartu 2000

Bassner, Rainer und Zens, Maria: Methoden und Modelle der
 Literaturwissenschaft. Eine Einführung, Berlin 1996, 20~34쪽

Brockhaus Enzyklopädie in vierundzwanzig Bänden, 19. völlig
 neubearb. Aufl., Manheim 1988

Eisenschmid, Rainer(Red.): Deutschbaltische Literatur, in: Baltikum.
 Estland, Lettland, Litauen, Königsberger Gebiet, 5. Aufl., Ostfildern
 2003

Fohrmann, Jürgen und Müller, Harro(Hrsg.): Literaturwissenschaft,
 München 1995

Fohrmann, Jürgen: Das Projekt der deutschen Literaturgeschichte.
 Entstehung und Scheitern einer nationalen
 Poesiegeschichtsschreibung zwischen Humanismus und Deutschem
 Kaiserreich, Stuttgart 1989

Garleff, Michael: Vom Rad der Geschichte überrollt- Deutschbaltische
 Literatur an der Grenze zwischen Völkern und Kulturen, in:
 Literaturbeziehungen zwischen Deutsch- balten, Esten und
 Letten(1995년 Lüneburg에서 개최된 세미나의 주제), 참조, 2007년 1

월 8일, in: http://www.carl-schirren-gesellschaft.de(Carl-Schirren-Gesellschaft e.V.; Am Berge 35, 21335 Lüneburg, Germany)

Glier, Ingeborg(Hrsg.): Die deutsche Literatur im späten Mittelalter 1250~1370, München 1987, 432~454쪽. 여기서는 452~454쪽

Habicht(Hrsg.), Werner: Der Literatur-Brockhaus 1~3 Bde., Mannheim 1988

Herder, H.G.: Journal meiner Reise im Jahr 1769, Nachwort und Anmerkungen von Lutz Richter, Leipzig 1972

Herder, J.G.(강성호 옮김): 인류의 역사철학에 대한 이념, 책세상 2002, 10~11쪽

Herder, Johann Gottfried: Ideen zur Philosophie der Geschichte der Menschheit, hrsg. von Martin Bollacher, Frankfurt am Main 1989

Herders Sämtliche Werke: Journal meiner Reise im Jahr 1769, hrsg. von Berhard Suphan und Carl Redlich, Bd. 4, Berlin 1877, 362~363쪽.

Hrsg. und Red. von Ernst Seraphim

Jeannot Emil Freiherr von Grotthuss(Hrsg.), Baltisches Dichterbuch, Reval 1894

Kross, Jaan: Der Verrückte des Zaren(aus dem Estnischen von Helga Viira), 2. Aufl., München 2003

Kross, Jaan: Der Verrückte des Zaren

Kross, Jaan: Die Frauen von Wesenberg oder Der Aufstand der Bürger, aus dem Estinischen von Helga Viira, München 1997

Lukas, Liina: 「Estnische Literatur und die deutsche Moderne」(2004년 11월 25일 괴팅엔 대학에서 개최된 학술대회 발표문)

Lukas, Liina: Das estnischdeutsche literarische Spannungsfeld um die Jahrhundertwende, in: interlitteria 6, Tartu Ülikooli Kirjastus(Tartu University Press), Tartu 2001

Mann, Golo: Deutsche Geschichte des 19. und 20. Jahrhunderts, Frankfurt am Main 1992

Martini, Fritz: Deutsche Gegenwartsliteratur, Stuttgart 1981

Martini, Fritz: Deutsche Literaturgeschichte von den Anfängen bis zur Gegenwart, Stuttgart 1978

Meyers Handbuch über die Literatur, hrsg. und bearb. von den Fachredaktionen des bibliographischen Instituts, Mannheim 1964

Moser, Dietz-Rüdiger(Hrsg.): Neues Handbuch der deutschen Gegenwartsliteratur seit 1945, München 1990

Moser, Hugo: Deutsche Sprachgeschichte, Tübingen 1969, 128~139쪽

Oks, Jaan: Kriitilised tundmused eesti vanemat ja uuemat kirjandust lugedes. Noor-Eesti(1905~1915; Tartu), III, 1909

Preuss(Hrsg.), Werner: Jakob Heinrich von Lilienfeld. Eine Auswahl aus seinen Werken, St. Ingbert 1997

Raff, Diether: Deutsche Geschichte. Vom Alten Reich zum zweiten Republik, München 198

Ritter, Alexander: Deutschsprachige Literatur der Gegenwart im Ausland, in: Deutsche Gegenwartsliteratur, hrsg. von Manfred Durzak, Stuttgart 1981

Ritter, Alexander: Deutschsprachige Literatur der Gegenwart im Ausland, in: Deutschsprachige Gegenwartsliteratur, hrsg. von Manfred Durzak, Stuttgart 1981

Rothmann, Kurt: Kleine Geschichte der deutschen Literatur, Stuttgart 1985

Scholz, Friedrich: Die Literatur des Baltikums. Ihre Entstehung und Entwicklung, Opladen 1990

Suits, Gustav: Balti kirjandusloo katse, in: Vabaduse väraval, Tartu 2002

Tammsaare, Anton Hansen: Meie 'noortest' kirjanduses, in: Kogutud teosed, nr. 15, Tallinn 1986

Tammsaare, Anton Hansen:『Ma armastasin sakslast』, Tartu 1935. Deutsche Übersetzung :『Ich liebte eine Deutsche』, Tallinn 1977

Tammsaare, Anton: Jutustused III, Tallinn 1962: Die lebenden Puppen, aus dem Estnischen von Barbara und Friedrich Scholz, München 1979

Tenbrock, Robert-Hermann: Geschichte Deutschlands, 3. überarb. Aufl., München 1977, 159쪽: "In der Sturm-und-Drang-Periode gab sie den Deutschen erstmals ein geschichtliches und nationales Bewußtsein."

Tuglas, Friedebert: Felix Ormusson. in: Kogutud teosed, nr. 3, Tallinn 1988

Tuglas, Friedebert: Kirjanduslik stiil, in: Kogutud teosed, nr. 7, Tallinn 1996

Tuglas, Friedebert: Kirjanduslik stiil, in: Kogutud teosed, nr. 7, Tallinn 1996

Undusk, Jaan: Die Geburt der estnischen Nationalliteratur aus dem Hamann-Herderschen Geiste, in: Keelest ja Kirjandust 2/1995

Undusk, Jaan: Verbindungen zwischen Estland und den Deutschen auf dem Gebiet der Literatur, in: Tausend Jahre Nachbarschaft. Die Völker des baltischen Raumes und die Deutschen, hrsg. von Wilfried Schlau, München 1995

Usthal, Arthur: Estnischer Brief, in: Das literarische Echo, hrsg. v. Ernst Heilborn, 14. Jahrgang(Okt. 1911~Okt. 1912), Berlin

Victor, Walter(Begr.): Herder. Ein Lesebuch für unsere Zeit, Berlin und Weimar 1989

Vogelpohl, Wilhelm(정충국 역), 독일문학사, 원광대출판국, 1996

Vogt, Martin(Hrsg.): Deutsche Geschichte, begr. von Peter Rassow, Stuttgart 1987.

von Andreas W., Mytze(Hrsg.): Wie viele deutsche Literatur gibt es?", Berlin 1973, 9쪽

von Schroeder, Leopold: Neue Belletristik, in: Baltische Monatsschrift, hrsg. v. Arnold von Tidebőhl, XLV. Band, Riga 1898, 168쪽

von Ungern-Sternberg, Armin: Erzählregionen, Bielefeld 2003

von Wilhelm Greiffenhagen, Red.: Friedrich Russov und Oskar Riesemann, Reval.

von Wilpert, Gero(Hrsg.): Lexikon der Weltliteratur, Stuttgart 1975

von Wilpert, Gero: Deutschbaltische Literaturgeschichte, München 2005

Weimar, Klaus: Geschichte der deutschen Literaturwissenschaft bis zum Ende des 19. Jahrhunderts, München 1989

Zitiert nach: Armin von Ungern-Sternberg, Erzählregionen, Bielefeld 2003, 289쪽

Zitiert nach: Dietmar Albrecht, Jaan Kross, in: Zeitschrift der Ostsee-Akademie 〈Mare Balticum〉, Lübeck 2000

Zitiert nach: Jeannot Emil Freiherr von Grotthuss, Das baltische Dichterbuch. Eine Auswahl deutscher Dichtungen aus den Baltischen Provinzen Rußlands mit einer literaturhistorischen Einleitung und biographisch-kritischen Studien, hrsg. von J.E. Grotthuss, Reval 1895, XXXIX쪽. 참조, Klaus Garber und Martin Klöker (Hrsg.), Kulturgeschichte der baltischen Länder in der frühen Neuzeit, Tübingen 2003

Zitiert nach: Thea Karin, Estland. Kulturelle und landschaftliche Vielfalt in einem historischen Grenzland zwischen Ost und West, Köln 1995, 51쪽

『Kolme katku vahel; Das Leben des Balthasar Rüssow』(1970~1980), 『Keisiri hull; Der Verrückte des Zaren』(1978), 『Rakvere Romaan; Die Frauen von Wesensberg oder Der Aufstand der Bürger』(1982), 『Väjakaevamised; Ausgrabungen』(1990) etc

『Taevakivi』(1975), 『Kolmandad mäed』(1975), 『Keisri hull』(1978), 『Kolme katku vahel』(1970~1980), 『Rakvere romaan』(1982), 『Professor Martens' Abreise』(1984), 『Vastutuulelaev』(1987), 『Wikmani poisid』(1988) 등을 줄기차게 발간했다.

박정희, 「바나트 독일—루마니아 소수민족과 차우세스코 독재정권」, 〈독일어문학〉 제35집, 한국독일어문학회, 2006년 12월

유럽평의회(Council of Europe) 편(김한란 외 옮김), 『언어학습, 교수, 평가를 위한 유럽공통참조기준Common European Framework of Reference for Languages, CEFRL』, 한국문화사, 2007

조창섭, 『여명기에서 폭풍 노도기까지의 독일문학』, 서울대학교출판부, 1995

하상응, 「헤르더의 민족주의 사상 연구: 국제적 다문화주의의 기초」, 서울대학교대학원, 1997년 2월

허창운, 『독일문예학』, 서울대학교출판부 2000

색인